日知文丛

# 晚明的爱情与背叛

徐美洁 著

浙江古籍出版社

**图书在版编目（CIP）数据**

晚明的爱情与背叛 / 徐美洁著 . -- 杭州 ：浙江古籍出版社，2024.3

（日知文丛）

ISBN 978-7-5540-2864-3

Ⅰ . ①晚… Ⅱ . ①徐… Ⅲ . ①随笔—作品集—中国—当代 Ⅳ . ① I267.1

中国国家版本馆 CIP 数据核字（2024）第 047458 号

日知文丛

**晚明的爱情与背叛**

徐美洁　著

**出版发行**　浙江古籍出版社

（杭州体育场路 347 号　电话：0571-85068292）

**网　　址**　https://zjgj.zjcbcm.com

**责任编辑**　周　密

**特约编辑**　王钰哲

**封面设计**　吴思璐

**责任校对**　吴颖胤

**责任印务**　楼浩凯

**照　　排**　浙江大千时代文化传媒有限公司

**印　　刷**　浙江海虹彩色印务有限公司

**开　　本**　889mm × 1194mm　1/32

**印　　张**　5.75

**字　　数**　120 千字

**版　　次**　2024 年 3 月第 1 版

**印　　次**　2024 年 3 月第 1 次印刷

**书　　号**　ISBN 978-7-5540-2864-3

**定　　价**　35.00 元

# 自 序

看《柳如是别传》，我一直好奇的是陈寅恪先生对钱牧斋的“恶评”，他总结牧斋未得弘光朝宰辅，与其是东林党、主立潞王有关。接着结论是调笑：“牧斋之未跻宰辅乃佛教‘中阴身错投母胎’，如《西游记》小说之猪八戒，即是其例。”钱牧斋身后，所得恶评讥刺不少，但以“猪八戒照镜子，里外不是人”来比，既谑且虐，也只有寅老一人了。又评陈子龙兵部奏议举荐钱谦益、陈于鼎二人，说：“卧子为人中之龙，此时荐举二龟，岂神州陆沉之先兆乎？由今思之，可叹亦可笑也。”“龟”，明清小说传奇中多所见，既指妓院中拉客的男性，也是由此义而来的市井骂人话，要说寅老为钱牧斋做翻案文章，这用语也忒与传主过不去了。但寅老纡回婉转，在诗文与官方文书间来回转证，苦心孤诣，不说“同情之理解”吧，至少希望是最大限度地还原场景，留待后人自去评说。故《别传》结语云：“卧榻沉思，然脂暝写。痛哭古人，留赠来者。”读此语，也恍然能理解其对牧斋的恶评了，殆自比《红楼梦》作者，乃为兴亡之感；精神上，他与牧斋是同时代人，哀其不幸，怒其不争，谑而虐，也是亲而近，当作如是观。还有一层，晚明人文集、笔记所载往往无所不包，一己之私，闺房之密，多无所讳。所谓的“佻荡放易”，是晚明人比较共有的鲜明个性，熟悉他们这种精神气度的，也应知道他们一般能笑对这些调谑。

张大复《梅花草堂笔谈》写同乡前辈王世贞的“智量”，后生有得其提携却不知感恩者，“然弇州终不以此少两人，盖智量之相越大抵然矣”。说的是晚明大家的智量。晚明士人中，性情学问鲜明者多有，既有急着分自家家财的激进派御史，也有忙着学习西洋历法的江南士子；有专心于钱粮会计的官吏，也有孜孜于道德改良的乡绅。暨晚明王世贞、世懋兄弟，胡应麟、陈继儒诸家，学问、阅历淹有风采，细撷之，多有珍奇可赏。张大复有斋名“容安馆”，取自苏东坡学渊明“容膝之安”名小轩；这一斋名又为钱锺书所承用，钱锺书还与周作人打起笔墨口水仗，为张大复声明地位：“他的《梅花草堂集》（我所见者为文明书局笔记小说大观本），我认为可与张宗子的《梦忆》平分‘集公安、竟陵二派之大成’之荣誉。”《笔谈》叙世间变故，个人心怀，朋友情事，偶间典章故实，雨丝风片，杂糅却不突兀，语辞却是一贯地洗炼淡雅，钱默存之评并不虚矫。

《笔谈》中记游冯梦祯快雪堂事：“快雪堂故龛冯先生之像，红腮修髯，结跏趺坐，顾道民云宛如当年静默时也。此来不见先生，古梅万萼俱晕微酣色，一花破萼而笑，微雪垂垂尼人。”晚明人是最符合我们“与古人做朋友”的人，他们留给我们一个宏大的园子，且不设防，这符合他们佻达的个性；古梅万萼，微雪垂垂，这是我们可以发现的美景；一花破萼而笑，这也许就要万千机缘之一了，但如得遇，相视一笑中，所得可谓不浅。

我因硕、博士论文皆作晚明人屠隆诗文研究及笺注，近年来又参加《王世贞全集》整理，于此时段文集、笔记观览渐多，兴趣渐浓。但读书并无目标，只是兴之所至，利用手头的电子书，打开“四库”或“四库存目”，不拘史、子、集，每天随意翻阅几页（经部较少涉猎）。读明人书，我会发现那些小小的趣事，笔记做了不少，但自觉并无宏观卓识，加之思迟笔滞，所读所记，即使转为随笔文字的也不多。能形成这本小集子，要感谢上海书评黄晓峰兄的鼓励支持，让我能把一些读到的“小趣事”写出来，得以在《上海书评》发表（小集中的大部分篇章发表于《上海书评》）。感谢资深出版人、学者谭徐锋先生，让我这些零散的随笔能够结集出版；感谢浙江古籍出版社编辑严谨而辛劳的付出，最终使得拙作付梓。感谢阅读这册书的读者，你们会让我觉得每天的阅读更有兴味。

# 目 录

# 明代北京城里的流氓

流氓的本义是指流民，无籍之人。但因无籍而易生乱，故流氓在后来又指称品行不端、滋事扰乱之人。《中国珍稀法律典籍集成》（科学出版社，1994 年）中，收有许多明代的法律条例，及具体的判处案例。乙编第五册有好几个案例讲到明代成化年间的京城流氓，当时对这些流氓有一个专门的称号叫“喇唬”。研究表明：“喇唬的泛滥成灾，基本上还是在正统以后。”（陈宝良《中国流氓史》）。这个论断应该确切。而我们从判处文书所记载的一些细节来看，觉得也可以从另外的视角看问题，其中不乏社会史、经济史等研究相关的有趣材料。

乙编第五册中的“二三成群撒泼抢夺财物犯该徒流罪者枷号充军例”，记成化四年四月初七日，山西清吏司所审犯人王骚狐，就是京城的“流氓”案件。王骚狐身份是龙虎卫军余，龙虎卫是永乐十八年始调至北京的京城戍卫(《明史·兵志二》)。明代卫所制度，每一军户出一名正军，其余子弟即是军余，虽然不是军人身份，但负有提供物资、军需保障的义务。这个王骚狐所犯，据记：“（成化元年）九月二十七日，骚狐手拿尖刀，前到军人刘海家强讨白面食用。刘海不与，骚狐自将头额打破血出，睡倒在地图赖。刘海惧怕，将银一两三钱、白面一斗与骚狐接收回家。”看来打架时拍砖的习俗早就有了，而且可以用来自拍要赖。

第二天骚狐继续至卖面的军余刘清家“罗惹殴骂，自将头打破图赖，拿刀要戳，强将刘清身穿水褐绵细衣裳、羊皮袄一领剥拿回家”。这是他第二次将自己头打破要赖，夺得的东西是比较好的绵细衣裳、羊皮袄。到十二月份，这位军余不改前恶，又到刘清家赖银五钱。成化二年三月十二日，“骚狐又将余舍沈林采打，夺得伊身穿蓝绵布裙一条、银四钱”。

成化二年十一月五日，骚狐到民匠朱英酒店内赊酒十瓶。说是赊酒，其实是强拿。一更时分，又拿空罐子到朱英店里要酒，朱英不给，他就打破自己带去的罐子，赖了朱英“银一钱五分、毡帽一个”。

成化三年五月二十二日，“骚狐又到余丁柳信卖糖铺内要糖吃用，柳信不与，骚狐行凶将柳信揪采踢打，昏倒在地，将尿灌入口内，打破伊房瓦十余片，又夺伊银三分、毡帽一个”。九月，又去邻住军人王佐铺内，“讨要包儿烧饼吃用”。十一月二十日，又去讨要，王佐不与，“骚狐又不合将伊盒子烧饼包儿丢散沟内，又将王佐赶打”。

讨吃外，又去明智坊草场内偷官草三捆，看守的何阿羊本已抓住他，但王骚狐把何阿羊一顿打，又威胁说，“日后放火连累你”，就吓得阿羊不吭声了。明智坊草场，“位于明时坊内，贡院之西，今国际饭店所在地，永乐朝设”（李宝臣《北京城市发展史・明代卷》）。

这位泼皮无赖王骚狐专在军户、匠户杂居的小区内横行，索要的东西除了面粉、衣物等生活必需品外，还有酒、糖等非必需品。一开始还用拍砖苦肉计，后来就直接抢要。这也可以看出当时军户生活的困窘状况。明代军籍靠屯田自给，这则判例里出现的军人、军余，都兼做小生意小买卖，有卖面的、卖糖的、卖包儿烧饼的。匠户也兼做小生意，开个小酒店等。这些都是社会经济上升时期，严格的户籍管理制度下，在边缘夹缝中生存的人聚居在一起，却因生活困顿而引起的社会问题。

从王骚狐在这些底层人手中抢要的财物看，都有银两，一个普通面粉店小店主，随身也有一两多银子。明代宝钞在洪武时就已贬值难以通行，白银成为民间流通的实际货币，“成、弘以后，率皆用银”（《续文献通考·征榷》）的社会现实，在这则判例里能得到很好的证据。学术界论证明代经济在成化、弘治的启动，以往证据可能都较为单向化，事实上，可能会有更多向的证据用来说明这个问题。

王骚狐虽然屡犯不改，骚扰、强夺无所不作，但还是很低端的街头泼皮无赖，而且“柿子专挑软的捏”，欺负的是街坊邻舍中的胆小老实人，可说是无出息得很。成化年间另有一位京城喇唬叫张昭的，却被载入《明宪宗实录》里，成了流氓中“名垂青史”的角色。

《明宪宗实录》卷一百七十九记载，成化十四年（1478）六月：“禁京城内外强夺人财，及口称圣号者。时金吾左卫军余张昭犯是罪，坐充军。都察院请以其事榜示禁约。从之。”再来看《中国珍稀法律典籍集成》中的判例，为什么张昭会载入《实录》？

张昭所犯的事是，在成化十二年（1476）三月，将邻舍王海、朱全等九人请到家，让他们凑钱为自己哥哥做盘缠。“王海等惧昭凶恶，共凑银三两四钱，昭接受入己。”之后，张昭又向这几人索银一两四钱。

勒索之外，“又将邻人总甲周昶采打，强剥身穿白布褡裢一件，洗白布一条，绸巾一顶”。当时总甲是轮流担任，不似后来地方上村主任等有一定威权，故而也被流氓欺负。据记载，张昭又强要民人周振银一两五钱，绸巾一顶。又将军匠金铎“强拖到家，乱扯碎绸巾，夺得本人银簪一根”。从抢夺的财物来看，较之十年之前的成化元年、二年，已有不同。前述案例，所夺均为毡帽，此案例，均为绸巾，而且银簪属于违制物品。可见当时的经济较前十年又有发展，民间奢侈之风亦渐渐形成。

让张昭迅速被抓并写入《实录》的，应该是他所犯侵吞浙江商人大宗银两之事。成化十四年（1478）十二月，“又不合节次在于官店诓赊浙江等处客人毛琼、王庆、张还、钱显、董升纸货共八十余两，在家卖银费用。毛琼等但来取讨，辄便行凶撒泼，口称圣号。被访事发，校尉捉获，送锦衣卫牛都指挥处，审供前情是实”。

张昭从浙江商人处诓骗来的银两达到八十余两，对比前面他在多个邻人处威逼也只得三四两来看，可见商人的贸易规模及用银，已非常可观。张昭的喇唬行为中，较前还有一个很大不同，就是“口呼圣号”，这也是被写进律例里的一种“新犯罪”形式。为什么要口呼圣号，目前似未见相关研究，不知这“口呼圣号”，是否有借皇帝之名狐假虎威的心理？

军兵的流氓化，“始于宋代”（陈宝良《中国流氓史》），上述两则记载的喇唬是军余，但并不是无籍的流民与招募兵，而是在城市中生活的军户。这有一定的代表性，与当时军户的困顿以及军户本身的某些特点都有关系。

# 那一枚唐土古镜

遥远瑰丽的唐代，对现代的我们来说，本身就是一个传奇。侯孝贤的最新电影《刺客聂隐娘》，取材于裴铏的《传奇》，从学院里老师告诫学生要重视选题的立场看，算是成功了。虽然目前还无缘得见电影全貌，但谢海盟的编剧手记《侯孝贤为什么是侯孝贤》（《上海书评》，2015 年 5 月 17 日），为我们与精彩的电影画面之间，及时地搭起了想象的空间。

手记写日本影星妻夫木聪扮演磨镜少年，为一句“唐土古镜，妻家的传家宝，能驱邪避魔”的台词而碎碎念的情形，读来真是让人敬佩，也十分有趣。对于磨镜少年，《聂隐娘》的传奇文本中只有那么一两句话：“忽值磨镜少年及门，女曰：‘此人可与我为夫。’白父，父不敢不从，遂嫁之。”他的身世本就没有交待，“不敢不从”中的隐含之意，磨镜少年与聂隐娘门第是不相称的。

但磨镜这一职事，在文学的渊源中，并不乏神秘浪漫色彩。刘向《列仙传》中有一篇《负局先生》，讲一位神秘的磨镜人，每天在吴市中磨镜，磨一镜只收一钱。却问人疾苦，以紫丸药与之，莫不愈，十余年后人才知是蓬莱仙人。虞世南辑录的《北堂书抄》，引《海内士品》一书，载徐孺子吊唁江夏黄琼事，云：“家贫无以自资，以磨镜具自随，每至所在，赁磨取资，然后能达。”徐稚的风度气节，在以名节相高的东汉，也是数一数二的，《世说新语》第一章“德行”第一条，便是写“行为世范”的陈蕃，至豫章太守任上的首务就是要见名士徐孺子。至今为人吟诵的“徐孺下陈蕃之榻”，亦是这美谈的生发。故磨镜人，在文学的意味上，不免重叠有上述两个经典形象，一是神秘仙人，一是高士。王维《郑果州相过》诗中“床前磨镜客，林里灌园人”一句，是前一典故的流传与摹写。而徐孺子之“赁磨以资”，则是从《后汉书》一直到朱子的《诗集传》，所一贯褒扬的“非其力不食”的君子精神。所以磨镜的意象，绝不类于晚近里巷弄堂的磨刀磨剪子，而是传统精神版图中，神秘与超世绝俗的叠加形象。

传奇中的聂隐娘，结合一位神秘的磨镜人，于其性格，乃至传奇本身，正是相合。由于是日本演员出演少年，所以连带的，唐土古镜的“角色”，必然有唐土至日本，又从日本至唐土的流转身世。其实中日之间古铜镜的流播，在历史上本就是一个古色的传奇，学界也有不少精彩的研究成果。

不知电影会如何表现这枚“唐土古镜”的器物本身，手记并未提及，只能待电影上映后一睹究竟了。也因未及一睹，不妨作一番关于磨镜少年与“唐土古镜”的联想。高仓洋彰的《汉代铜镜与东亚世界》一文（滕铭予译，《边疆考古研究》2004年第3辑），根据考古研究得出结论，汉代带铭的铜镜，大概于公元1世纪左右传入日本，且一个地区集中于某一墓葬出土。所以，最早传入的铜镜，应该是稀有品，为统治者所拥有，并非普通流通品。至三国时代，传入的铜镜急剧增多，但其形制多为破碎镜、仿制镜。铜镜既非易碎品，也不会有那么多爱情需要破镜重圆，为什么有那么多破碎镜呢？根据碎后打磨的情况，日本学者的结论是，故意地破碎并研磨后使用，以增加数量，总之是稀缺导致。让我们猜想一下，磨镜少年所携的古镜是汉镜吗？那么他还很有可能是贵族。

如果是汉镜的话，可能会有很多表现相思的铭文，如“久不见，侍前稀。秋风起，予志悲”（罗振玉《汉两京以来镜铭集录》），又或如“长相思，毋相忘，长富贵，乐未央”之类。而神兽，西王母、伯牙、钟子期等神像，是道教求仙思想的反映，多出现于汉镜图像中。据樋口隆康氏的《古镜》一书图录（新潮社，1979 年），以吴镜为多，可见当时吴地的铜镜铸造兴盛，及其技术的代表性。想来，《列仙传》中的“常负磨镜局，徇吴市中”，将故事场景设定在吴地，绝不是凭空而来的。

唐代铜镜，是镜器发展的又一高峰。这时的镜背装饰图纹，有很多外来物种的样式，如来自西域的葡萄。最有名的便是“海兽葡萄镜”了，故宫以及东京博物馆等都藏有这种唐代铜镜。雷峰塔倒掉后，地宫中出土的唐镜中，就有典型的“海兽葡萄镜”，还有点缀缠枝葡萄的“光流素月镜”（扬之水《雷峰塔地宫出土“光流素月”镜线刻画考》，2006 年）。

裴铏具体生卒年不详，但于咸通、乾符年间，为节度使掌书记、节度副使等职，则其生活年代，距会昌毁佛（845）不远。如果磨镜少年拿着的是一面唐代铜镜的话，那镜上的图像，是富有生活气息的“海兽葡萄镜”呢？还是以神像为主的道教故事镜？也真是一个颇有兴味的问题。

其实在唐代，日本在与中国的交流中尤其重视佛教。王牧在《中国境内所出的线刻铜镜及相关问题》一文里，引述日本学者森克己的考证，文献中留下名字的遣唐使，随行留学生26名，留学僧却有92名。电影里的磨镜少年，是滞留的留学生，还是留学僧？如果两者都不是的话，那最大的可能，便是从浙江明州（今宁波）那一带进入唐土的，因其地与日本的商船贸易往来历史悠久，在唐末五代尤有兴盛之势。

后裴铏《传奇》时代的中日古镜流通，出现了线刻镜这一奇葩。如京都清凉寺出土的水月观音线刻镜，乃雍熙二年（985）由僧奝然带回日本，纽带上有“台州女弟子朱□娘舍带子一条”的字样。线刻镜，就是镜之照容一面，刻有细线条的图画。从出土情况看，时代集中在五代十国时期，以当时的吴越国内居多，如雷峰塔地宫中出土一面，台州黄岩的灵岩寺出土五面。扬之水考证雷峰塔出土的“光流素月”线刻镜画，主题是发愿往生净土，并推断发愿人是吴越国王钱俶与其妃孙氏。日本学者柳幹康先生最新的研究，将这种线刻镜画的指向，更明确、具体地归为永明延寿“唯心净土”思想的影响（《永明延壽と〈宗鏡錄〉の研究》，法藏館出版，2015年2月）。

吴越国的崇佛风气非常浓厚，最后一位国王钱俶，还曾遣使往日本和高丽访求佛教经典。在信仰上，他非常尊崇永明延寿及其《宗镜录》。柳幹康先生分析镜的纳照万物，与延寿提倡的“一心”，机理相同。所以当时传入日本及日本当地铸刻的此类铜镜，线刻画所表现的宗教旨趣，及悬挂铜镜并封存于寺院塔内的行为，应当与延寿的“唯心净土”思想，有着紧密的联系。

# 师与徒：古典伦理的审美守则

孔子七十二徒，彼此间的言行，可能是最早的师生关系描述，既有“春服既成、浴乎沂，风乎舞雩”的和融，也有“小子可鸣鼓而攻之”的训诫，都算是关系模式的范本。师与徒，虽然不在“五伦”当中，但因“天地君亲师”的地位，又因“亦师亦友”的交往实践，故大致可类“父子”，而稍及“朋友”之伦。儒家给这两伦定出的基本准则是“父子有亲”“朋友有信”，父子一伦，首先强调的是“亲”。

儒家社会的行为规范中，讲究名实相符的阶层、界线的划分与规定，讲究“不逾矩”。一般朋友，与“通家之好”的朋友，就完全不同。和一位朋友相契投缘，人品、家世都了解了，以至带上门见父母，且“出妻、子相见”，就是通家之好，与一般朋友就不一样了。小则通姻亲，大则济危扶颠。若友人身后贫弱，还得治其丧，经济其家。故亲密两字，不可随便担当。

师徒如父子，亲密是首要条件。由于亲密关系所要承担的责任与道义，故师徒之间彼此相择，就不得不慎重。学生选择老师，多是对其学问、道德文章的向往、尊重，而老师选择学生，似乎就更看重学生求学的诚意、意志，及人格品行等，才与学倒是第二要紧的。程门立雪的故事，讲的就是学生的这种诚意与尊师之道。

儒家人伦为各种关系描画了理想形态，但世事难料，人心难测，简单的准则下，各色的人生，如何避免冲突？起冲突了如何解决？儒家的一贯态度，“形而上学”“君子不器”，没有答案，只能遵照基本原则去揣摩和实践。我们也只能从古代留下的一些事例中，总结一下这种古典伦理关系的审美守则。借用一下网络语言的话，也可叫“如何撕得不难看”。

正史中的师生关系，往往都是正统、典范的类型。而冲突之类，则要于文集、笔记、小说中多留意了。人们一般会先设为人师者，无论是学问、人品，还是胸怀、气度，以及人情练达，处事得当，总要高学生一个道行。所以，看笔记小说里记载的师徒关系，往往就是：“各种蠢笨顽劣，总能遇上一种慈悲为怀。”

遇到蠢笨的学生怎么办？骆玉明老师有篇妙文叫《猪八戒买棺材》，说《西游记》中，意志不坚定的猪八戒，一遇师父被妖精抓走，就提议：“把白马卖了，给师父买口棺木送终。”这类学生，研究目标不明确，学术能力一般，判断又往往失误，以致举动乖谬，贻笑大方。但唐僧曾经怒逐孙悟空，却不曾动念逐猪八戒。要之，猪八戒买棺材虽然蠢笨乖谬，却是念着“一日为师，终身为父”的情义，要为师父善后，孝心可嘉。以父子之伦的要义看，实是合乎规矩，所以唐僧都是骂骂了事。

顽劣失礼又如何呢？钱谦益记郑之文年轻时（后来官至真定知府），在南京国子监读书，与同学吴兆，一起创作了一个戏曲《白练裙》，嘲笑前国子监祭酒王穉登〔百谷〕与名妓马湘兰的风流韵事（《列朝诗集》丁集）。戏曲因被毁板，现在已不知剧情了。但笔者于某一古装韩剧中看到一个情节，讲一位装卫道士的官长，同事们捉弄他，请妓女进其宿处挑逗。第二天诗会之时，妓女着白练裙上堂，赫然有此君笔墨淋漓在上，此君遂大失面子。不知《白练裙》是否为此类调笑剧情？当时的国子监司业傅新德，听闻此事，不禁勃然大怒，把郑、吴两位狂生抓来，让他们跪在东厢下，仔细用藤条打了一顿，体罚了好久才放他们走。

郑、吴两位讽刺学府最高长官兼老师被打，其实当事人并没有告状。冯梦祯本就风流倜傥，不拘小节。至于马湘兰，郑、吴两人演剧时还特意请她去看，意在看她如何不淡定地发飙失态，但马湘兰的才情、阅历及地位，堪比后来的柳如是，对此轻狂后生之浅薄行径，钱谦益记道："湘兰微笑而已。"但傅新德是位"模范端严、科条详密"（《雍正山西通志》卷一三九）的好老师，对这种轻佻犯礼之事当然不能忍。

那么，挨打是否算"撕得难看"呢？在古典伦理的审美中，这不难看，反而有美感。"打是亲，骂是爱"的俗语，是有深层文化因素的。只有"亲"，才能打。举子、进士也称考试官为老师，但那是座师，尊而不亲的，故彼此都不会越份做出格事，学生断不至于嘲座师，座师也断不至打"学生"。彼此间的关系，名为师生，实为依附的也不少。但学政、国子监类官员，却要晨昏课业，十天一小考、一月一大考地督促学子们举业。遇上精勤的学官，甚至要天天去监视、指导学生。这种师生关系，虽在选择时彼此并不自由，但还算是尊而有亲的，所以打打顽劣的学生，是尽教导之职，完全属于"慈"的古典范畴。

才子型诗人郑之文，在中进士后，还特意请钱谦益为中间人，再去向老师谢罪。老师也是“一笑而已”。这一来一往，便是“父慈子孝”的最佳注脚，古典伦理的最高审美。

骂与打，算是“父慈子孝”的小插曲，但逐出师门，昭示着严重的背叛以及宽容精神的承受底线。当这种底线要经受世人审视时，就尤其尴尬。这时，便要注意师生关系往“虐恋”方向发展，才可达到审美效果。帝舜的孝道故事，应该是这种审美的源头。所以当被逐出师门时，学生便要不问缘由，负起全部的责任，承担起剧情发展的主线。如同太炎先生之某一弟子，被师母逐出师门后，每年弟子们扫墓时，他便站在园外候着（闻之于夫子大人，据说也是师母有所误解这位学生）。既要服从决定，所谓“不敢不从”；又要终身执弟子礼，并时刻不懈，以志“我心匪石，不可转也”的专诚。金庸小说《射雕英雄传》中，狠毒如梅超风，也是坚持了这种诚心实意的“虐恋”路线，才得以重归师门。

但“尊尊亲亲”的伦理社会，也会因某些特殊时期而大乱阵脚，这种时刻，人尚不得为人，“师徒”之伦，也就同其他伦理关系一样，全无章法可言，打、骂不再是“父慈子孝”的一出伦理教育剧，而成了真正的街头恐怖片；逐出师门的最高处罚，可能也会失去愤怒、忠诚、谅解等正常的表达。理性与情感冲突的张力不再，就再也无法向更高的审美层次发展，而只能停留在毫无美感的事件本身。

# 他们唱的什么曲儿

全祖望《鲒埼亭集》搜集乡邦文献，抉幽发微，记录宁波一地明遗民事迹甚多，见于集中碑传志铭中。卷十四《李驾部墓志铭》有一段文字，云："相传以为大吏将独杀华公而释其余。先生独自请留伴之，司狱者大骇，乃怵之曰：'汝不畏死耶？'先生笑曰：'白首同归，吾亦何恨。'适评事倪公端木，亦以蓄发被首下狱，三人共一狴户，相与歌传奇中'木公不肯屈魔鬼'《锦缠道》诸阕，以为笑乐，闻者益惊，遂伴华公过冬。"（朱铸禹汇校集注《全祖望集汇校集注》，上海古籍出版社2000年版）李驾部是鄞县（今宁波鄞州区）人李文缵，字昭武。华公即当时称"五君子"之一的华夏，字吉甫，入狱后自号"过宜居士"。倪端木亦为鄞县人，名元楷，字端木。"五君子""六狂生"，乃乙酉年于浙东率先拥钱肃乐起兵诸人，均为鄞县士人。

"木公不肯屈魔鬼"是什么曲子，若不熟悉宁波一地文献，一时还真不能作解人。故朱铸禹先生的汇校集注并未及之，本不足怪。此消息见于华夏《彼罪知》一文中，云："相与共入笼，彼此和歌《昙花》传奇中木公不肯屈魔鬼'锦缠道'诸折，欢笑彻旦。"（华夏《过宜言》卷一，清抄本）原来此乃鄞县人屠隆（1543—1605）所作传奇《昙花记》中的一出，名为"魔难不屈"。《昙花记》作于万历二十六年（1598），讲的是唐朝木清泰，与郭子仪一起平定安史之乱后，受封为定兴王。而于富贵荣华之时，受一僧一道点化，遂辞家苦修，得成正果，与妻妾均往西方净土。

华夏于顺治二年（1645）拥钱肃乐起兵，顺治四年（1647）被捕入狱，第二年行刑，李文缵后释归。当时宁波一地士人被捕众多，乡绅们亦集资营救，所以除“五君子”外，大都脱身而归。倪元楷因不剃发入狱，后其母买通看守，将其灌醉后剃发。倪醒后直欲自裁，人以母命相劝才罢，后得以出狱（参见《全祖望集汇校集注》卷八《明建宁兵备道佥事鄞倪公坟版文》）。他们三人笑乐而唱的“锦缠道”一阕，唱词是这么写的：“我本是大丈夫回头采真，行万里只孤身。出门来已将性命浮云。俺也曾扶王室，定江山，扫清虏尘，那怕你逞凶威妖鬼魔神。看浩气塞乾坤，这头颅儿属英雄数尽，我丹心耿耿存。拚七尺何妨齑粉，肯无端俯首作魔民。”（《昙花记》第二十五出《魔难不屈》）

清初学者，于明社屋后，有诸多反思，除顾炎武、王夫之、黄宗羲三大儒各自有系统的论述外，其他学者，也多有感而发之论。比如顾炎武的好友王弘撰，就认为晚明佞佛及提倡“三教合一”诸人，实得当明亡之重大责任，屠隆就在他激烈批评的名单上，称其“诬圣害道不在李贽之下”（王弘撰《山志》）。不过王弘撰却独赏其《昙花记》传奇，说：“隆之著书，唯《昙花记》反可取。是就彼说法成一家言，亦可以劝善而惩恶。”窃以为，虚构的木清泰，与虚构的磨难，能成为生死未卜的大狱中人“笑乐”的精神力量，恐怕不单单是“劝善惩恶”的主旨力量。

陈寅恪先生的《柳如是别传》，不解者或许会腹诽其“不惮烦”，比如柳如是游嘉定时，其下榻之园林，唐叔达、程松圆诸老之宴请、赋诗，皆处处落实写来。寅老的考证就如身历之人重游旧境，沉浸于自己的回忆中，还不时地偷偷发笑。他写嘉定诸老面对柳如是时的颠倒之态：“至‘醉客’则当是练川诸老，而‘醒客’恐非河东君莫属。盖诸老此夕俱已心醉酒醉，独河东君一人，则是‘神仙宾客’之人间织女，大有三闾大夫‘众人皆醉我独醒’之感也。”又写诸老之宴不免寒酸，却赋伎席诗自慰自豪，“今日读之，不觉失笑也”。

寅老自是熟知“明清痛史”之人，又身经战火离乱，家国之感无时不切，落之文字，便满是“细细觅芳踪”之情。危困之时，思昔日之冶游，亦觉多一份别样的可爱。顺治初年宁波狱中高唱的“锦缠道”，亦当是追随欢乐的心理多，而“劝善惩恶”的意味少。正如当时遗民李邺嗣所披露的心境：“然以余望弇州先生时，则已如黄虞之世矣。因念唐至德以后诗人多及与开天诸公游，相与酬倡，先辈风流足延后起，斯真人生之幸也。”（李邺嗣《杲堂文钞》卷二《李嘉禾集序》，《四明丛书》本）

屠隆首先是一个欢乐的人，风流自喜。他的好友冯梦祯记录一次聚会所见：“长卿名为入道，不茹荤，顾特恋诸娈童，所挈群奴有陆瑶、汤科五六辈。而陆瑶特嬖，侍身畔不少离，时时耳畔私语，手过酒脔食之。自言一夕可度十男女，其可笑如此。”（冯梦祯《快雪堂日记》庚子年闰四月二十二日）其实冯梦祯家里妾侍颇多，他的生活也谈不上清心寡欲，此则日记表达的不满，大概是针对屠隆的“龙阳”之好吧。放浪形骸之外，当然还有才华横溢，辩才无碍。对于这么一个欢乐得无压抑感的才子，他的同乡后辈在狱中想起时，估计也跟寅恪先生追思柳如是的心情差不多，想起其种种才情与狡黠，忍不住要“呵呵”几声的。

他的《昙花记》一出，众人颇不明其主旨，沈德符记载当时情形颇详：“近年屠作《昙花记》，忽以木清泰为主，尝怪其无谓。一日遇屠于武林，命其家僮演此曲。挥策四顾，如辛幼安之歌千古江山，自鸣得意。予于席间私问冯开之祭酒云，屠年伯此记出何典故？冯笑曰：‘子不知耶？木字增一盖，成宋字，清字与西为对，泰即宁之义也。屠晚年自恨往时孟浪，致累宋夫人被丑声，侯方向用，亦因以坐废。此忏悔文也。’……予应之曰：‘此乃着色《西游记》，何必诘其真伪。’”（沈德符《万历野获编》卷二十五）

冯梦祯猜他这剧是忏悔文。万历十二年时，屠隆为礼部仪制司主事，西宁侯宋世恩慕其才，从之学诗。二人遂有通家之好，时时过从演剧听曲，屠隆有时还票友一把，妆扮登台表演。结果被人奏劾“淫纵”，并牵涉宋世恩之妻。此事上达天听，万历帝大怒，索性将屠隆与劾他的俞显卿一起罢免。关于主旨一说，私以为沈德符的“着色《西游记》，何必诘其真伪”，较为得之。非但不必诘真伪，亦不须强拟一主旨名之，故“索隐”解读法，“劝善惩恶”之说，乃至用来“笑乐”，皆无不可。毛宗岗《三国演义》第二十三回评语，即拿《昙花记》作“劝善惩恶”解读，说："尝读《昙花记》，见冥王坐勘曹操，考之问之，打之骂之。或曰：此后人欲泄其愤，无聊之极思耳。予曰：不然，理应如是，不可谓之戏也。"

《昙花记》多宾白而少唱词，甚至有九出终折无一句唱词，简直可称为当时的"先锋话剧"。吴梅先生因此剧过于晦涩冗长，删其十之三四，改作《昙花却冗》一部（见《吴梅戏曲论文集》）。

陈垣先生《鲒埼亭集批注》，于《李驾部墓志铭》中三人共唱"锦缠道"处，有批注云："'道'应作'头'，据《续甬诗》四七。"《续甬诗》即全祖望所作《续甬上耆旧诗》。然而本有曲牌名"锦缠道"，亦名"锦缠头"，龙榆生《唐宋词格律》即以宋祁《锦缠道·燕子呢喃》词举例。毛晋汲古阁刻本《六十种曲》中《昙花记》及其他传奇，此词牌名即作"锦缠道"，故此处"道"不必改作"头"。当然，此细小之处，不足为陈垣先生《鲒埼亭集批注》之疵。

# 晚明的爱情、背叛及其他

在文学史上，我们往往说晚明是一个思想解放的时代，追求个性自由，浪漫主义流行。流行的成因，有阳明心学影响（作为阳明信徒的笔者不能完全同意这一说法）、经济发展等多种理解。文学史回顾这一段的文学思潮时，汤显祖的《牡丹亭》是不可或缺的经典范例。

“原来姹紫嫣红开遍，似这般都付与断井颓垣。良辰美景奈何天，赏心乐事谁家院？”“游园”一出中的唱词，缠绵悱恻，任谁听了，都不禁要为这情思打动，为这柔情缠绕。我们对《牡丹亭》思想旨趣的鉴赏，有一条主线便是肯定人性与欲望，尤其要针对程朱理学的“饿死事小、失节事大”一语。这句话的诠释，近来也有人认为不尽如字面意义那般。虽然诠释上有争议，但在其向下的传统生成过程中，产生逐渐强化的禁锢与束缚作用，是不争的事实。杜丽娘的“情不知所起，一往而深。生者可以死，死可以生”，对于那个时代的人来说，算是革命般的宣言，宣扬个人的情感自由与激情，宣告着现代性的爱情永恒。

美丽、浪漫和炽热的爱情，犹如生命本身的光芒，吸引着我们，引我们的遐思与向往，所以《牡丹亭》自问世起便历久弥新，青春常在。

张爱玲是冷酷的解构者，她说“人生是一袭华丽的袍，里面爬满虱子”，好多人会引用，但不见得真被那种苍凉惊到过。其实，晚明的人，也真不是文学史上写得那么朝气蓬勃，热情地追逐浪漫与自由。然而，他们也不是卫道士，他们简直是最早的后现代解构者。

比如汤显祖的好友屠隆，他在汤显祖创作《牡丹亭》的前后，曾去遂昌拜访过这位老友，并为其作《玉茗堂集序》［参阅拙著《屠隆年谱（1543—1605）》“万历二十三年”，上海人民出版社，2015年］，吴新苗认为此次会面，二人就《董西厢》的一些讨论，对《牡丹亭》的创作酝酿有一定影响（参吴新苗著《屠隆研究》，文化艺术出版社，2008年）。但屠隆在万历二十六年创作的《昙花记》，里面描写的爱情，与其友汤显祖的《牡丹亭》，完全是相反的两种风格，他把汤显祖营造的美丽爱情与憧憬，有针对性地解构得粉碎。

这些解构隐藏在这部冗长得有点晦涩的剧作中。第二十二出《严公冤怼》，说唐西川节度使严武早年引诱邻家漂亮的军使之女王婉娘，被追捕时干脆用琵琶弦勒死婉娘沉诸江底。第三十四出《冥司断案》，写绛州参军范博平，为了入赘作平章之婿，竟诱贫贱时的发妻游船赏月，推溺于淮水。前者是用了《太平广记》中“严武盗妾”的故事，后者不知所出。《太平广记》中的故事，女主人公没有名字，也没有细节，屠隆为女主起了名字，加了唱词，有了内心独白：“【桂枝香】重泉无路，幽魂谁诉。灵随夜月波涛，泣断寒江烟雾。罗衣尽消，罗衣尽消。玉骨都无埋处，愁来千绪。谩欷歔，纵有琵琶调，湘灵不共居。”冯梦祯《快雪堂日记》中记屠隆爱弋阳腔，这段幽郁、寒凉的唱词，可能会因弋阳腔的急管繁弦和高腔，使听者不至抑郁愁闷而绝，反而起一丝愤怒的勇气。

《昙花记》中记载了好几个这样的“爱情”事件，虽然故事背景设定在唐代，但其实就是晚明的爱情与背叛。因为熟知了作者的生平后，再解读一下这部剧作，发现他只是在影射自己的遭遇和所见，其实可为它加一个副标题叫“这盛世，那些奇葩的背叛、罪恶与冤屈”。

当汤先生在《牡丹亭》中为女性拥有情感自由、身体自由而鼓舞、憧憬时，他的朋友屠先生的作品，无疑就是最冰冷的反方书评：“我觉得这种憧憬，基本上就是男性出于自己便利的幻想。当下社会尚不具备与女性身体、情感自由真正匹配的男性思想，且与男性所引导的主流社会文化也不相容。”嗯，就是这样悲惨，就是这样虚无，你还是考虑女性的生命、身体安全先吧。

屠隆对于女性身体的苦难，有震撼性的描述。他的文集中有一篇《屠印姑传》（《栖真馆集》卷二十一），记述本家一位侄孙女的悲惨遭遇。屠氏在鄞县是大族，屠印姑之祖、父都是读书人，祖上也曾任官，屠家将她嫁与同县另一大族的陆耿章。可惜陆品行不端，好赌，赌输了就将印姑卖给其他赌徒。印姑坚志不从，便被关在小黑屋内活活饿死。文章写了屠印姑人生最后十几天的情形，这么美丽的女子，被关在小屋内，大冬天还薄衣烂衫，一边饿着，一边还哺乳不到两岁的儿子。而她的父亲只会隔着窗户看着她哭，同情她的族人也只是在她死后，好好打了一顿她那无良老公出出气。屠隆是后来记述此事，但他用冷静笔触重现的种种，如印姑死前由于绝食，先胎死腹中（当时屠印姑怀有身孕四月），再经受种种身体苦难而死去，以及看客们的眼泪和话语，读来让人不寒而栗。这篇文章被《鄞县志》收录，流传颇广。鲁迅先生的一些篇章，与此文颇有相似处，字里行间布满寒意与恐怖，却用平淡的笔墨呈现给你看。

晚明时期女性的自由度其实还不太糟。冯梦祯的《快雪堂日记》，多记日常生活，难得地能看到一些女性生活及情感的细节。从这些记录看，士大夫家庭的夫人、正妻，在社交场合，基本有与男性平起平坐的地位，如果这位女性的儿子有功名，这种地位就更稳固。在私生活领域，比如冯梦祯的夫人，便经常与女性友人相约一起叙旧、进香、湖上喝茶等。姬妾因身份地位的限制，不会出现于正式社交场合，但在私生活领域就比较自由。日记也记了好几则不同关系的男女争吵，如："初八日，访曹先生、包太公。包有别业，在葑门内，与媪有言，避居于此。"（《快雪堂日记》卷三，凤凰出版社，2010年）这是夫妇不和，但丈夫显然落了下风，只好避居在外。又："梅生醋意，杨生大哭而别。"（卷四）这是名士梅蕃祚与名妓杨舜华的恋爱风波，颇有小儿女情态。冯梦祯也在日记中好几处提到，妾侍言语顶撞，自己心情不爽却无可奈何。

可见女性在人身自由、情感表达等方面，在晚明的情形还不算太坏，以此再回头审视屠印姑的例子，反而更觉惊悚。明代的戏曲小说中，反映婚姻爱情的主题非常多，钱南扬先生在《中国戏曲概论》中说，戏曲作品有三分之一是写婚姻问题的，其中有一半是写婚变的。而婚变的题材，大多是负心汉的故事。

对女人而言，爱情常常不永恒，背叛却永远在发生。而背叛行为给女性带来的，还有各种危险的伤害。难怪屠隆要暗里给《牡丹亭》的爱情观泼冷水：背叛有九十九种理由附带“九十九加”的伤害，请问爱情有保险吗？

## “精忠报国”的禁忌

弗雷泽在《金枝》一书中考察了未开化人的种种禁忌，人的禁忌、行为禁忌、物的禁忌、语言禁忌，把人的思想方式归为巫术、宗教与科学三种进阶式的发展，而禁忌则是“消极巫术”的一种形式。儒虽然起于巫，但早就高冷地以理性思维为发展方向，摒弃了巫术的遗存。看《论语》中的“不语怪力乱神”，“不知生，焉知死”，就可知这种坚定的理性基调。

但禁忌还是存在的，不是以原始人惧怕神明的方式，而是微妙的现实禁忌。唐段成式《酉阳杂俎·黥》一章，讲当时的纹身，同样的纹身，有无碍的，有触忌的。其中最有名、最引以为笑谈的就是“白舍人行诗图”了。荆州有一位城管人员（街子），名叫葛清的，背上自颈部以下，都是白居易的诗配画。他自己对背上的纹身烂熟于心，反手都能指出这是一个人在菊花前喝酒，对应的诗句是“不是此花偏爱菊”；这是“黄夹缬林寒有叶”，配画是树上挂着织染的夹缬（用镂空板双面印染的织物），夹缬上的图案精细到不行。惊怖的是葛清竟然刺了三十多首诗配画，体无完肤，人称“白舍人行诗图”。

“白舍人行诗图”并没有遭到禁止，可能白居易的诗，本是高雅与时尚的代表，城管大叔以一种惊世骇俗的方式表达了偶像崇拜，也无不可。人们看了这体无完肤的“行诗图”，虽然感觉似乎哪里不对，但也只能用“interesting”“so beautiful”之类的话语打哈哈过去了。

又有一位蜀小将名叫韦少卿的，同样的诗配画题材，就做得更精巧，更匪夷所思了。他纹在胸上的图案是一棵树，树梢上密密麻麻立着数十只鸟儿；树枝上挂一面镜子，镜钮上有绳子，一个人站旁边牵着绳子。他的叔父看了这图不懂（估计看到这儿的读者也一头雾水）。少卿笑曰：“叔不曾读张燕公诗乎？‘挽镜寒鸦集’耳。”原来这是张说的《岳州晚景》：“晚景寒鸦集，秋风旅雁归。水光浮日出，霞彩映江飞。”笔者觉得段成式绝对是一位注重写作技法的天才，行文至此，戛然而止。那么“挽镜”谐音“晚景”，是这位韦少卿犯了硬伤、因谐音背错了诗呢？还是因为“晚景”太抽象不好配画，要用“挽镜”来作人们猜想诗句的线索？不管哪个原因，都很具喜剧性与传播性。

但纹身触忌的例子更多。同在《酉阳杂俎・黥》一章里，开篇记的就是因纹身触忌丧命的例子。长安街头有一帮古惑仔，剃头纹身，纹的图案各式各样，于街头作恶。京兆尹薛元赏通过里长摸底，将有纹身的少年全部抓获，三十多人被全部杖死。按说，街头恶少强吃强喝，动手动脚的行径，还不至用杖毙之刑。京兆尹显然带着个人好恶，作了过于严酷的判决。

当时住大宁坊的一位大力士张幹，就公开表达了对薛京兆的不满。他在左胳膊上刺上了“生不怕京兆尹”几个字，右胳膊则刺上了“死不畏阎罗王”，颇为对仗。这比拉标语口号反对更悚动视听，京兆尹当然不能放过他，抓来后还是杖毙。

最后一例，更可说明这位京兆尹对纹身的厌恶。王力奴花五千钱去纹身，胸腹上纹了山水亭台，池塘草木，鸟兽虫鱼，事物具备，我猜想那就像一幅土耳其细密画。这个纹身样式虽然不如诗配画高雅，但既无明显的黑道主题，也无直白的标语口号，但王力奴还是招致了扑杀。意图隐晦地挑战，在薛京兆眼里，可能比公然挑战更可气。

《酉阳杂俎》里的例子，说明纹身在一部分特立独行的人中流行，普通的围观群众，或许好奇，或许震惊，但都保持了欢乐的围观性格。要说群演，笔者还是喜欢唐代的。但遇上薛京兆那样偏执而强硬的官员，也可能成为一个人罪罚的加码。他后来杀的两名纹身者，有威权被挑战的原因，但其人无罪，以纹身而杀之，说明纹身还属于亚禁忌的一种，游走在正常的边缘。

岳飞背刺“精忠报国”的故事，成为一个划时代的事件，此后人们的纹身模仿基本逃不出这个典范，而纹身的诗配画、细密画传统就被淹没了。其实更多的历史文献里，是将这四字写成“尽忠报国”，由于小说、唱本的“精忠报国”传播更广，流传至今。在当年纹身时，“精”“盡”的笔画一样多，但可能“精”字更好认些，我们就不妨从俗，写作“精忠报国”。

到明代时，有几个刺“精忠报国”的例子，不但触犯禁忌，而且遭到了围观群众的嘲笑。其中一个例子来自精英阶层，即王阳明弟子黄绾。黄绾于嘉靖九年时任南京礼部右侍郎，被河南道御史张寅弹劾违法十事，包括贪污等，黄绾也立刻上章辩称对方是挟私报复，并说自己背上刺“精忠报国”四字，忠心可鉴。但黄绾的这个爆料，反被张寅再次上章，扣了个更大的帽子“欺君罔上”。黄绾在嘉靖初年的大礼议中，与他的同乡战友张璁一起，和嘉靖帝站同一阵线。因这层原因，黄绾此前几次被同僚弹劾，都得到了皇帝的无条件支持。但此次“精忠报国”一出，皇帝却下旨让南京部院两方核查。虽然最后的核查结果，以两方都无事结尾，但“精忠报国”一段，却使黄绾沦为了士林笑柄。最早记录这事的是王世贞的《弇州史料》，此外焦竑《国朝献徵录》、茅元仪《暇老斋杂记》、沈德符《万历野获编》、冯梦龙《古今谈概》，直至俞樾的《茶香室续钞》，都以“故事永流传”的姿态，一直延续着这个笑谈。

另一个底层军人的例子：正德五年（1510），军余刁宣上疏自言刺“精忠报国”四字，结果杖三十，发海南充军。历史笔记留给我们的片言只语，也许当时人能会心，但我们就难免有些疑问。为什么《精忠记》还在舞台上流行，而现实里的人却不能刺“精忠报国”呢？笔者只能猜想，具体到黄绾的例子，他触犯了儒家知识分子的诸多禁忌，一是违背了身体发肤受之父母的古训，二是放弃了与皇权制衡的清流知识分子的操守，后一条显然更犯忌。而皇帝需要保持伟光正的形象，对于刺“精忠报国”的知识分子，为自身形象计，还是保持距离比较好。那个底层军人，显然就是不自量力，“国”之大，并不是他一个小角色能“报”的，他只需要服从命令，而不是站到那么高的高度，为国家操心。所以，对于他，连个解释和罪名都没有，直接一顿打，发到海南充军了事。

纹身的故事，从文艺范，走到了标语范。而“精忠报国”，也从美谈，成了禁忌。

# 沉默的大多数

美国大选落幕了，但大洋彼岸的朋友圈却不能消停，有被追赌债的，有被绝交的，有被普及精英、民粹、女权等诸多基本要义和观点的。海量的文章中，总算也有一个正反双方都反复提到的，即沉默的大多数。每个时代与社会，都会有沉默的大多数，发声的精英永远只是少部分人。以中国古代来说，儒家的精英因为有儒家的圣人教诲在，一直以来不算是职业政治家，也不算是无耻的政客，因为修身、齐家、治国、平天下的进路与理想，以及科举制度所保证的阶层流通性，作为精英阶层中的大多数，还是以为广大人民谋福利为己任的。在那个社会中，沉默的大多数是谁呢？可能要算上女性群体了。如果有选择权的女性还是幸福的，我们来看看明代女性中的两个事例，就因为这沉默的群体没有选择权，即使做个小小的不嫁决定，也要装不少神鬼呢。

万历八年（1580），时任礼部侍郎（日后升任内阁首辅、礼部尚书）的王锡爵之女王焘贞（号昙阳子者）得道化去。羽化飞升的地点在直塘其未婚夫的墓前（现太仓沙溪镇）。此前，父执辈的王世贞率先拜昙阳为师，接着其父王锡爵也成为弟子。通过王世贞的传扬诵美，东南一带不少达官显宦、文人名士，都已成为昙阳弟子。这份弟子名单称得上是豪华阵容，有状元沈懋学，有反对张居正“夺情”的五君子之一赵用贤，有理学名士管志道，以及屠隆、瞿汝稷等名流，据《万历野获编》说，有数百人之多。王世贞后来写了《昙阳大师传》刊刻流布，屠隆则将昙阳子画像悬挂室中，终身礼拜。这么多代表精英阶层、话语权威的男子，俯身拜一位女子为师，不久前就有国外的学者写了研究论文，将昙阳子故事作为女性主义的某次小小胜利。当然，这个结论是很成问题的，昙阳飞升事件，本身就是一个复杂的多重叙事。

昙阳升化当日，围观者据说有几万，又说有上十万。“白日飞升”这样的事，小说里写写也罢，发生在现实中，即使在1580年的明代，也难免使人疑信参半。事后就有言官上章纠弹二王，指昙阳子为怪力乱神，二王作为父辈，反拜昙阳为师，怪诞不经。当时张居正还在首辅之位，二王本与其不合，眼看就要得严重处分。但二王也有自己的势力与影响力，最后慈圣太后出面，主张昙阳子贞洁奉道，此事当属宗教领域事体，朝廷用不着争论，才算作罢。

关于“飞升”这件事，《万历野获编》记载了两个流言。一是说昙阳升化那天，随她入龛的有一条灵蛇。二是后来在苏州出现一位鄞县书生，带着吴中口音、多财又美貌的妻子为人看风水。于是有流言说这位女子就是昙阳。此时王锡爵已成为内阁首辅，昙阳的弟弟王衡也已成为状元，此时尚在京城，家事交给一位本家侄子管理。流言越传越盛，眼看就要影响京城里大爷（即王锡爵）的声誉，管事家侄就花了不少力气抓了这对夫妇。经过一番审问，王家向外作的新闻发布是：这位熟知王家家事的女子，原是二爷的一位逃妾，在审问过程中，此女又诱惑看守的家奴，再次逃走不知去向。我们的家事发布到此为止，各位散了吧。二爷就是王锡爵之弟王鼎爵，已于万历九年去世，人亡妾逃，倒也是合理解释。沈德符在这则流言的最后，说自己曾当面问过昙阳之弟王衡，其姐化后，是否曾有灵示给他。王衡回答说："绝无之。"沈德符说，那大概是王衡不希望昙阳之事再起流言，所以不愿提及。

现存王衡《缑山先生集》二十七卷里，未提及昙阳。昙阳升化日，屠隆作有十九首《辞别昙阳大师》，一年后去拜谒昙阳观，在王衡陪同下参观昙阳楼居，又作了两首诗，王衡亦无和作。可见王衡对此事的态度，至少是讳莫如深的。

对于众多文人名士拜昙阳为师这事，后来读这段文献的清代人表示不解，或者不愿再寻究竟，直接下结论说是"妖"。厉鹗则猜测说，昙阳的言论应该是王世贞他们这些文人润饰过的。我认为厉鹗的推理比较接近事实。但他们为什么要对此润饰，又进而拜昙阳为师，带出一系列事件，留下越来越多的疑惑呢？比清人能读到更多关于这段故事文献的我们，倒可以再进一步进行解读。

王世贞后来给首辅王锡爵的每封信中都会提及昙阳先师，内容意译一下，大概就是："我即将辞官回乡，学习先师之道。最近家乡两位地方官的赈灾工作很得力，南部官员姜凤阿（姜宝）、管东溟（管志道）等都不错。""我最近天天想起先师的教导。关于王阳明从祀孔庙问题，我还有几点想法。""最近身体大不如前，可能是先师在引导我相聚。关于立储之事，我是这么想的。”初读时笔者也有疑惑，当二三十封信件中，毫无例外地都要提及同一个人时，这个人应该就是某种符号了。所以，我想造一个词，叫“亚政治团体”，来形容团结在王锡爵周围的昙阳弟子。

但这个“亚政治团体”的昙阳造神活动，可能是起于偶然与不得已。据王世贞《昙阳大师传》，王焘贞被许与参议徐廷祼之子徐景韶为妻，十七岁时（王焘贞、徐景韶同岁），徐景韶前来商议婚期，而焘贞却向家人请求，愿意长斋为佛弟子。景韶回去后三个月病逝，焘贞就对父母说愿意为其守贞，不再嫁人。王锡爵夫妇百般劝解，说没有成亲，无需守贞不嫁。但焘贞向道之心益坚，并遇上真清人前来点化，更号为昙阳子，有种种灵异，终归化去。此传虽诸多粉饰，却透露了一点消息，即王焘贞拒绝徐景韶的婚期在前，要为其守贞在后，王焘贞完全可能仅仅是个恐婚女子而已。

都说尝到权力的滋味就不会轻易放弃，其实尝到自由的滋味可能更不易放弃。对于王焘贞这样的豪门女子来说，在闺门内享受的自由，无疑会远高于出嫁后的陌生家门，故完全有可能对陌生的家庭、不中意的婚姻持不愿妥协的态度。另一位首辅张居正之女，也有差不多的故事。《万历野获编·刘小鲁尚书》记载，张居正有一女嫁刘戡之，容颜绝美若天人，却不肯言笑。几年后，竟以童真之身趺坐化去。两则故事连起来读，“升化”就要作第二义解，而“童真”“不嫁”反而会成为解密之钥。

“沉默的大多数”的选择，看来有太多隐秘的政治不正确，精英阶层也觉得难以理解他们。但这并不意味着他们之间是割裂的，当沉默的多数用行动来表达选择时，发声的人却要负责为这些行动作解释，要么解决问题，要么制造神鬼，也挺累的。

# 当林教头遭逢野猪林

古典的世界，不管是古典音乐，还是古典律法，与今天的我们都有点隔阂。当年2011版《水浒传》播出，我总算把这四大名著中看不完的一部，就着电视剧囫囵看了一遍。留给我的印象竟然是：作为邪恶代表的高太尉和高衙内，似乎还不像怪兽那么可怕嘛。高衙内心心念念想得到貌美如花的林娘子，高太尉动用了好多脑细胞，又加上陆虞候好多浮夸的表演，才将林教头骗入白虎堂。林冲被设计陷害后，在关押、审理、打脊棍这诸多环节里，竟然活了下来。倒不是他闯关成功，而是在这几个关节上，大反派高太尉没有吩咐设卡。这里并没有人物从善良到邪恶的心理冲突，要么是古典的反派太单纯，要么是古典的程序还比较严格，连大反派也不能随便破坏。

《水浒传》写宋代的事，但施耐庵毕竟是明代人，所以我们不妨看看明代的律法。《皇明条法事类纂》列"淹禁罪囚"事例两条，都是成化年间的事情。陕西、四川两地，各有地方官提意见说，地方上监狱监禁犯人不规范，导致人横死，这样下去或生民变。刑部讨论这些呈文后，认为有道理，就定出"禁约久禁罪人例"，即："大事限十日，户婚田土一切小事限五日，俱要依律问报。仰该吏按月销前件，庶使狱囚不致淹禁，干连死于无辜。若有仍前淹禁者，当该官吏一体治罪。"

这是因为古代监狱条件恶劣，若长期关押，就会有疾病、冻馁等意外死亡的危险。而一些节操有亏的官吏，出于索要钱财的目的，对一些不需要关押的、细微触犯法律的人，也到处搜捕关押，导致有人“死于非命”。

禁约要求除了死罪徒流要监禁外，其他杖罪以下的都听取保，不监禁；大事十天、小事五日，就要有处理意见上报，一个月后，就要结案。这么快速、高效的行政能力，与我们“黑暗中世纪”的想象完全不符，只好归因于古代的犯罪比较单纯，杀人原因逃不出复仇、劫财、情杀这三样，“报复社会”这类的，古代犯罪里都不太有。

古代的行政机构较简单，基层官员无非催缴赋税与审理狱讼两件大事，容易做到责任到人。所以律例又有规定：“无罪之人在监死者，以故禁故勘律条坐罪。有司照依刑部月报囚数事例，每月将在监囚犯分豁旧管新收，开除实在犯名的数，申报巡按、巡守官查考。”无罪之人被收押而死亡，主事官员要被治罪。首先，各地方有巡按、巡抚官员，监察这些专项事务并上报。并且，也规定死者家属可以告状：“凌虐囚犯于非命者，许囚人家属赴官陈告，一体依律治罪。”（《皇明条法事类纂》卷四十六，《中国珍稀法律典籍集成》）古典时代还是以人为本的时代，每月首先要报的不是 GDP 数字，而是狱囚数字，看看这官员是“循吏”，还是“酷吏”。皇帝在约定的租赋外再多收三五斗，也是要被骂的，正经地少死几个人，才是德政的体现。

林教头被定罪，是中了圈套。但圈套之外，有了这些条例，想让林教头在被捕途中突然心脏病发，或在关押期间染上伤寒不治之症等，都比较困难。高太尉肯定也做过算计：这些受儒家教育的官员，有很大的概率，要坚持“富贵不能淫、威武不能屈”的教导，跟他们通气，等于自行招供；还有一部分，即使不是出于崇高的儒家理想，也会有“要忠君当循吏，不能叛君作奸臣”的现实主义考量。总之，古典的程序不复杂，但也不含糊，“死于非命”的事，不能随便就有。

古人相信“天命”，顺应天命，在言行举动上有一套规范，当你遵守了这套规范，却由于不可抗因素，竟然“天命不终”，那就是“死于非命”，在古人看来，这实在是一件大事。《道藏·上清灵宝大法》里，专有为“死于非命”而作的符咒、符箓。当然，这已经属于宗教界的事务了。死于非命的原因，除了刀兵水火外，还有“遭刑”一种，即触犯法律。

对于触犯法律，古人倒也抱持“或许大概也是难免的吧”这样的宽容，而并不是我们想象的“犯罪就是十恶不赦”。元代的《南台备要》一书中，就有这样的句子：“不使人淹囹圄，死于非命，有伤和气。”可见，对人命的重视，是历朝统治的一种共识。这里的“有伤和气”，大概已经将之升华到“天地人”、“致中和”这样的高度了。

由于对“人命”有着神圣与敬畏的理解，所以古典时代的刑狱，除了将“杀人偿命”作为第一准则外，对于罪不至死之人，“保全人命”，是另一条重要准则。当然，古典时代律法在简单、透明之外，也必有它的黑暗和漏洞，所以，林教头也不可避免地，被押解到了野猪林。

电视剧中野猪林一段，差人薛霸一边说着“我这水火棍一向打得沉猛，一下子叫你脑浆迸裂，叫你痛快地投奔来世少吃苦”，一边将棍子高高举起，向被捆绑着的林冲脑门中心打将过去。看得我浑身发抖，为林教头这临死前的绝望、愤怒、恐惧，不自禁地入戏痛苦。董、薛二人将此处设计为谋害林冲之所，也是出于精确的计算。首先，此处为荒芜僻静所在，逃脱了律法的监管、人群的监视，只剩下执法人与被执法人。执法人具有被赋予的“正义合法”身份，他的所作所为，在失去第三方监控的情况下，具有了想当然的正义性，与独一无二的解释权。此时林冲被谋害，只须一个随意的借口便可以搪塞过去。而行凶者选为差人，也最为妥当。作为最底层的“吏”，他们的上升之途是被阻断的，“圣人教诲”，抑或“皇帝褒谕”，都与他们无关，社会留给他们的空间，吃饱饭就是最高的理想了。所以董超、薛霸为了五两金子，就可以抡起水火棍。社会之于他们，就像反向的萨特的命题：“他人就是地狱”，对于陌生化、异己化的“他者”，还有什么下不去手的呢？

林冲能活着走出野猪林，全靠天上降了个花和尚鲁智深，纯属意外的侥幸。野猪林是个黑暗的隐喻：就算是八十万禁军教头林冲走进去，他也只有任人宰割的份。野猪林这样一处无监管、无监控的所在，没有人知道发生了什么，也没有人知道如果自己走进去，会发生什么，这才是真正的恐惧所在。

# 鬼界是低俗的吗？

一位苦恼着千年不死，过腻了日子的“鬼神”，端着咖啡，对着每天拿个小本子，苦哈哈定着时间去拘拿“人口”的阴司使者说：“对于贵界，一向听说比较低俗。”看到这里，真是迷妹可忍，鬼神界也不可忍了。没错，我是在说最新的韩剧《孤单又灿烂的神：鬼怪》，孔刘与李栋旭两大帅哥，就是上面两位穿着时尚，喝着咖啡互怼的“鬼神”与“阴司使者”。

鬼界的低俗印象，应当是从外形开始的。从鬼出现的那一天开始，他们中的大部分都是丑角担当。据说，大多数人猝然遇到鬼，都是被鬼奇形怪状的外形吓跑的。但漂亮的女鬼却不会吓走人，遇见她们的人，大多还愿意付出代价与之交往。可见，在看脸的人间世，鬼于外形方面吃了大亏。毒舌的人甚至还拿这个来嘲笑鬼，《幽明录》记载，河内太守阮德如遇到鬼，就说：“大家都说鬼面目可憎，一看还真是啊。”鬼大羞惭，逃跑了。

上面这个小例子，从侧面反映了鬼的智商堪忧，精明鬼不大有，冒失鬼却不少。著名的“鬼推磨”故事也出于《幽明录》，一个新鬼老是吃不到东西，饿得很瘦，遇到一个胖胖的鬼，是他死了二十多年的朋友，便去讨教吃饱饭的秘诀。旧鬼说要去别人家里装神弄鬼，让人明白有鬼来了，才会拿出东西给他吃。新鬼去了一户信佛的人家，看到一个磨，便推了起来。不通电的人家，一看磨盘成了全自动的了，根本就没想到鬼，光顾着高兴地往磨斗里添苞谷米，白白让鬼干了一天活也没给饭。接着又去一户奉道的人家，又是如此。被旧鬼教训一顿后，新鬼去了第三户人家，抱着那家的小狗在庭院中玩飞人，才让人惊觉可能有鬼，勉强换了一顿饭。真是一个辛酸的故事。谁能想到“有钱能使鬼推磨”原来竟是讹传，推磨的鬼其实连饭钱都没拿到呢。

都说勤能补拙，鬼在智商上太平凡，若能在后天多弥补，比如勤于考证，精于计算等等，使自己在业务素质上过硬，倒也说得过去。但冥府这个大公司可能由于其国企性质，员工中的粗心鬼比比皆是，老是犯一些有损声誉的低级错误。《阅微草堂笔记》里就记了好几则粗心鬼的故事。有一位汤姓考生参加会试，半夜忽然有一个女鬼披头散发闯进来，二话不说，就将他的试卷抢过去撕得粉碎，一时间纸片纷飞如蛱蝶。汤生心痛震惊之下，不忘冷静责问女鬼，不知自己是前世冒犯了她，还是今生犯了什么错。女鬼一下愣住了，好一会才问：“你是不是四十七号？”汤生说：“我是四十九号。”原来是个粗心鬼，没有将两间空房间数进去，报复错了人。幸好汤生冷静应对，试卷也只被撕了一张，还来得及补救。

然而因为不漂亮、愚笨、粗心而又冒失，就将鬼界归为“低俗”，却也有失公允。冥府应该是最早具有公众服务意识的一个“政府机构”。照阴阳界的设定而有生死轮回，有生死轮回，就得有执行的机构——冥府。而冥府在这件至关重要的事上，拿着生死簿照章办事，除了偶尔粗心办错外，倒也没听说有意的贪渎和乱政。而且，由于冥府定位公众服务，所以不具有超越的绝对权力，使得它不能任意地处置凡人和凡鬼。而且，它之所恃，似乎也只有绝对的规章“生死簿”，所以，当孙悟空这样的“强梁”闯进来，声称自己“超升三界外，跳出五行中”，勾了生死簿上的姓名，不再服管时，冥府也只有向天帝告状的份。没有私自修补生死簿，也没有私下报复制造混乱，还真算得上是一个文明的机构。

冥府也是最早知错就改的政府机构。《阅微草堂笔记》里记载，有一个韩姓老儒生被城隍神传唤，城隍神一对簿册，发现是同姓的人抓错了，立刻就说错了，要将他放回，还打了那个当差的鬼卒二十大板。恰巧这位韩书生是个出名的倔强人，不免当庭批评起冥府执政来，说：“人命关天的大事，怎么能让这么冒失的鬼办案呢？”大有讨要精神赔偿的声势。城隍神也只是笑着解释说：“天行不能无岁差，何况鬼神？我发现错了，又知错能改，你就不要再倔强了。”由官方主动发现自己的错误，且先提出来并认罚，不得不说，冥府的政治还算清明。员工们素质虽然良莠不齐，倒也自带早期国企员工自尊而又淳朴的特点。

回到鬼界个体的“低俗”问题，其实剧中的“鬼神”孔刘欧巴，还是要向“阴司使者”李栋旭欧巴，一一讨教生活、时尚之类的问题。因为鬼要接触各色人等，要因人之狡诈而狡诈，因人之智识而智识，所以在时尚问题上，恐怕要更相信鬼的眼光，而不是神的。而且从高雅与知识来说，鬼界其实也是遵照“物以类聚，人以群分”的准则的。《太平广记》中里记载，王弼曾经遇见郑玄的鬼身，来讨论《周易》注的问题，并被郑玄责备。而陆机又曾遇见王弼之鬼身，妙语论《易》，使得陆机大为折服。又据记载，嵇康弹琴时，经常有一鬼来谛听，弹到妙处，就在空中传来称好之声，但并不相见，说自己是残毁之身，不可见人。可见早期鬼界，充满了浓郁的知识氛围与高雅的情趣。鬼界发展到后来，多了报复、恶戾之类的市井之徒，少了郑玄、王弼之类的“鬼神”，前来与后辈作学术讨论，也少见高雅听琴的鬼怪，私以为，这终究还是要归为时移世易、人心不古，而不是鬼界本身的“低俗”。

# 江南黑暗史

我经常猜想，为什么有那么多的学术会议要冠以“江南”之名，是诗词中的“江南”太美了，还是现实中的“江南”太有钱了？先承认我是因为看不完文献，趁机抱怨几句。明清时期江南的繁荣，给了我们取之不尽的素材，举凡地理、人口、宗族、信仰、教育等等，都可以成为我们碗中的菜。然而当我看到王世贞记述的晚明江南恶象时，感觉蹭各种“江南”会混脸熟的功名心都消了（好学的笔者竟然还没蹭上过），因为他笔下的江南实在是太黑暗、太血淋淋了，非但毫无诗意，简直就是令人不适的肮脏与恶心。

华亭知名绅士、著名书画家董其昌被乡民焚毁宅第一事，跟王世贞《弇州史料》中“缙绅惨祸”一条的记载相比，根本就算不上个事。为什么？因为前者还可以作理性的分析，无外乎缙绅横虐在前，乡民暴动在后，至于政治、经济乃至流言等各种因素，都不妨做做分析文章。但后者的案例却直指人性的黑暗，最重要的，是那些 nasty 的细节。

王世贞在前言中说，所记事件，是他进入仕途后，亲闻的江南士绅惨祸。王世贞于嘉靖二十六年中进士（1547），其卒在万历十八年（1590），他记载的黑暗史，远在“民抄董宦”（万历四十四年，1616）之前。

惨案一，前监察御史徐汝圭被杀。这是一位好夸饰的退休官员，爱与人吹嘘某某案件是他办的，“苍蝇老虎”都是他打的，其实大多不是真的。这样夸大其辞的结果，是使他自己患上了迫害妄想症。某一天他预感有大祸临头，便带着两名僮仆匆匆避居田庄，又怀疑僮仆，便将两名僮仆用脚镣锁住。结果真的有贼人逾墙而入，徐汝圭躲进厕所，两名被锁的僮仆被贼人打开镣铐，毫不犹豫地说出了主人的藏身处，致使徐被碎尸十余段。

惨案二，张敦复被杀。张是嘉靖十六年进士，浙江丽水人，原刑部主事，归杭州任府学教授。旧俗，立春前一日观迎春，杭州城本是江南繁华之地，仕女们打扮入时，容颜脱俗。逢此公共节日，浑水摸鱼的性骚扰者就应时而出。张教授的一位学生醉酒后对一位妇女调戏骚扰，被该女子的家人狠狠教训了一顿。民不与官争，是约定俗成的民间智慧，但这个案件中的百姓，完全无视这种约定俗成，也显示了社会风向的变动。刚从刑部主事任上下来的张敦复，对于自己在律法上的权威身份，却又过分自信。当他匆忙赶去为学生辩解说理时，当场被事主家人打死。

惨案三，前严州知府庄壬春（严州府治在今浙江桐庐）被杀。庄致仕归乡后，对原本有主的海上涂田起了贪心，打算侵占。退休官员无实权，但他与当时的巡按是官场朋友，比起小地主，这势力也够用了。原主人料定自己必输无疑，便假装答应，在海涂田附近埋伏下人手，邀请庄壬春前往签约。庄当时只携带一名亲信僮仆，地主在签完约奉上田券后，请主仆二人喝酒庆祝。一位被欺负、被侵占财产的人，非但不难过，还有兴致喝酒请客，换一般人该怀疑了，心想要么这人疯了，要么就是酒里有毒。但进士出身的庄壬春对这种反常毫无戒备，可能的原因，是他太习惯于人们对权力的俯首帖耳；权力的通行无阻，使他单纯到连生活常识都没有了。

接下来的事情，按电影分级的话，肯定要归入限制级，所以地方志及人物传记，即使写到庄壬春，也绝不会提及。小地主连同雇佣的人丁，将庄壬春主仆二人赤身裸体绑缚起来，用船载入海中，用小刀片下二人的肉，用盐腌渍；又割下二人的生殖器，命令二人互相吃下。最后，又将二人用残酷的手法杀害。虽然后来事发，牵连数十人判死刑，但耸人听闻的犯罪已经无可挽回。

惨案四，兵部主事杨旦被杀。杨曾经任嘉定知县，退休后不久，就被冤家对头闯入家中劫杀，挖出肠胃，最后竟没有破案。

惨案五，前御史杨维平被杀。杨归乡居住，一位贫困的远房中表亲戚将儿子卖与他作僮仆。也许是贫家小孩一时不能熟知大家规矩，也许是杨家太苛刻，总之小孩不能胜任工作，大冬天地被赶了出来。小孩子不知是一时无措还是爱面子，也没回自己家，竟在外冻饿而死。卖孩子的表亲，未必就不爱自己的孩子，其初衷可能只是想让孩子吃上口饱饭，想当然地以为富人家的狗也比穷人家的儿子幸福，想不到没几天就送了孩子一条命。做父亲的已经日夜寻思复仇，杨御史却没当回事，死一个孩子也没感到不安，照常过活。一天出门时没带奴仆，一直伺察他的中表，远远地一边向他作揖，一边向他趋近。杨御史当时也回报以作揖礼，但说时迟那时快，表亲已上前捉住他的双手，将其绑到柱上刺死，自己也自杀身亡。

惨案中的被害者，从描述来看，未免在道德、行节上都有所亏欠。这些人本身就是神经质的虐待狂、贪得无厌的守财奴、冷酷无情的雇佣者，抑或者，只是傲慢的大男子主义者。是精英们的道德缺陷导致了凶杀，还是老实人被逼到墙角后的无奈反抗？顾炎武《菰中随笔》说，成化以后，“豪恶日蕃，良善日困”。然而案例中的“良善”挥起的屠刀，都落在了退休官员身上。暴力都是精准地瞅准了空当的，无论是精英，还是草根。这倒很符合笔者今天的题目：江南黑暗史。刘禹锡《竹枝词》云：“长恨人心不如水，等闲平地起波澜。”是之谓与？

除了凶杀案外，江南的凶象当然还有很多，大至盐场利益，小至市井纠纷，围绕着名利而人情翻覆。王世贞真是一位重口味的史学家，他有社会生活史的写作眼光，在《弇州史料》一书中，成功地向我们传达了那个时代毫无诗意的一面。

# 雒于仁的大概率事件

世界上的事情很奇妙，有时你以为已经遗忘了的东西，转个圈后却又突然出现在你面前，就像失散的故友，带着旧日的模糊面容，令你百感交集。比如，最近某报要关张的消息在朋友圈刷屏，“江声浩荡，自屋后升起”的悼文结尾，令我这个围观群众也不禁潸然泪下，全然不顾某师兄在底下评论“赚葱姜钱的人要着急了”。二十世纪八十年代末、九十年代初的理想主义一下子如洪水猛兽，将我这个连葱姜钱也赚不了的人吞没。模糊的记忆也回来了，想起那句话是《约翰·克利斯朵夫》的开篇第一句。那么多年前曾看过、激动过，并随着岁月遗忘的句子，能重新想起的概率真的很小，但小概率事件就这么发生了，而且从这句话突然蔓延的趋势看，这又成了一个大概率事件，勾动了一大波当年看书少年的心绪。

万历十七年（1589）十二月，大理寺左评事雒于仁给皇帝上了个本子，就是那个有名的“酒色财气”四箴，真是猝不及防的小概率事件。除了不承认武则天皇帝地位的骆宾王外，好像这才是当面骂皇帝最狠的了。奏章说：“皇上之病在酒色财气者也。夫纵酒则溃胃，好色则耗精，贪财则乱神，尚气则损肝。”接着把皇帝在酒色财气四字上犯的事例数落了一遍，说皇帝如何贪恋美色，爱钱，受了谁谁的贿赂，宦官有钱上贡的就喜欢，没钱的就不喜欢。还说皇帝性格也不好，发脾气爱打人，今天打宫女，明天打臣子。总结是："皇上诚嗜酒矣，何以禁臣下之宴会。皇上诚恋色矣，何以禁臣下之淫荡。皇上诚贪财矣，何以惩臣下之饕餮。皇上诚尚气矣，何以劝臣下之和衷。四者之病缠绕心身，臣特撰四箴以进，对症之药石也，望采纳之。"意思就是，皇帝您自己都"抽烟、喝酒、烫头、纹身"，就不要开展新生活运动，要求我们做个好臣子了。

看惯了清宫戏的我对这样的小概率事件简直都要惊了，连皇帝的私生活和薪酬都管上了，这是以网民自居，还把皇帝当万科老总看了，分分钟让人家检查私生活，保持薪酬公开透明，并保证自己的管理能力还行得通。

万历皇帝的言论自由度还是可以的，被雒评事这么当面辱骂后，在万历十八年（1590）正月初一的茶会话上，还能和内阁成员们说道说道这事情（换个暴脾气的试试？）。《实录》对这一日的情形记载详细得如在目前。"上御毓德宫，召辅臣申时行、许国、王锡爵、王家屏入见于西室。御榻东向，时行等西向跪，致词贺元旦新春，又以不瞻睹天颜叩头候起居。……上曰：朕昨年为心肝二经之火时常举发，头目晕眩，胃膈胀满，近调理稍可，又为雒于仁奏本肆口妄言，触起朕怒，以致肝火复发，至今未愈。"

还有一个细节，就是雒于仁的奏章是皇帝从袖口里掏出来的，说明他带在身边看了不止一遍，又诉苦说被气得生病。想当年则天女皇收到骆宾王的檄书后，只是"微哂"，还说了句："宰相之过，安失此人？"万历皇帝二十几岁就开始惰政不上朝，但被慈宁太后一逼迫，有时又努力工作一两天。这样的妈宝与则天女皇当然不可比，气度权谋不在一个位阶上，表演自然也不一样。则天女皇的扮演者，我觉得舒淇的随性加上周迅的古灵精怪，再加范冰冰的气场，权谋暂且还是缺位；而万历帝嘛，感觉来一个佟大为扮扮无辜油滑就差不多了。皇帝们其实都气得想杀人，但跟戏文不同，皇帝能随意杀人的概率很小。雒于仁也是过了几个月才被找了个理由削职为民，而且还一直有官员上疏要求恢复他的官职。

皇帝说自己被气得肝火复发，内阁们没有同情和支持，还一致为雒评事求情。王家屏上奏章说，区区一个辅佐官员，却能对皇帝的生活起居都有个了解（皇上您是太不低调了啊），看来皇上您确实有必要调节一下生活状态。雒评事的四字箴虽然狂妄，但皇上您如果拿来做养生调理，我们觉得还是不错的。

雒评事的四字箴也随着邸报，飞到了全国各地大小官员的手中，很多官员表示惊愕，又表示雒评事难能可贵，希望不要重责他。我猜想他们心里还有一层暗喜，不好表达出来，因为他们平日里也喜欢批评皇帝与政府，但言论这么大胆出位，确实不多见。

几位内阁成员也都向自己的亲密好友透露了谈话内容，“请不要告诉别人”的秘密向来是传得最快的，这下大家都知道了阁臣们都站在雒于仁一边，请求皇帝宽大为怀，有则改之，无则加勉，不要处分直言敢谏的雒评事。这一次的发难，其实是因为立储之争。嘉靖时，皇帝与臣子们争本生父兴献王的皇考地位，大礼议分成的党派暗中一直存在；万历帝则因立储之事，与臣子的斗争更是旷日持久，结果就是臣子与皇帝站在了对立的两面。皇帝与臣僚间的权力平衡也很微妙，祖宗家法之争，其实就意味着对皇权的制约与抗衡。

万历时期的聪明人其实都已经感受到了大厦将倾，风雨欲来的危机，却束手无策。每当看《实录》里，皇帝找各种借口，诸如脚崴了，生病了，生气了等等来逃避职责，感觉这真是一个大明白金汉宫的范儿，皇帝彬彬有礼要脸面，臣子们也恪守各种规范，但就是永远都有争不完的事儿，也永远也达不成一个统一的意见。其实看《实录》还好，一见他们写诗哀愁，我也惆怅地不行，真想穿越过去跟他们说：苦恼又有什么用呢？人都是聪明人，就是办不成事啊！背诵下古诗的“昼短苦夜长，何不秉烛游”就好了呀。

话是这么说，但雒于仁这样充满激情，想要纠偏改正的激进派，却也算是懦弱与绝望中的一股清流，以致大家都要表明立场是站在他一边的。因为有人批评，至少这人还抱着希望，就像天天跟你吵的女友，你即使烦，也会感谢她幼稚不离开的好。所以雒评事那么出位大胆，竟然没什么大处分，还获得了一致支持，其实是一个大概率事件。对于老谋深算的内阁成员们来说，雒于仁的存在，还真是一种意外之喜，他的过分反而成了阁臣与皇帝间的缓冲带，既表达了意见，还有了必要时的替罪羊。

# 拿什么来填地域差别

话说明代万历年间，我的台州先贤王士性先生（1547—1598），写了一部叫《广志绎》的书。经过亲身亲历、实地考察，他用研究者的目光，写下各地地理环境与地域民俗的差异。周振鹤先生的论文认为王士性的地理人文考察，已具备了现代地理学评价研究的雏形，他的地理背景优劣分析思想，直接影响了顾炎武《天下郡国利病书》的写作（周振鹤《王士性的地理学思想及其影响》，《东南文化》1994.2）。

据王士性描述，同样的浙江人，其实每个地区都不一样。浙西，也就是杭嘉湖地区，因为平原土地富饶，就多富人。因为“富而知礼”的原因吧，所以“人性纤巧，雅文物”。而我们台州、温州、处州（今丽水）这些浙东山区，山多土瘠，以渔猎农耕为生，画风就成了：“俗敦朴，人性俭啬椎鲁，尚古淳风，重节概。”地理环境，既是上天给我们的庇佑，也是上天给予我们的宿命，我们往往以为一百年太长，但事实却是，五百年后有时也还是老样子。

所以，王老先生自谦为“旅游”的考察结果（当然，清代有些人不客气地接着话头批评明人“好游”），至今还不易推翻。章学诚说：“浙东贵专家，浙西尚博雅，各因其习而习也。”他从学派传承来归纳浙东、浙西的思想风尚，固然是对的，但这种风尚本身也与人文地理的影响相符。后来鲁迅先生评价柔石有“台州式的硬气”，那是因为他想到了远在明初被诛十族的方孝孺。回看王士性观察浙东“尚古淳风，重节概”，大致不差。可见环境之于人的性情，乃至一地民风的养成，作用是多么明显，还不易改变。对于这种地域差别来说，几百年似乎只是一眨眼并无多大意义。

《广志绎》卷四“江南诸省”中写到江西风俗：

> 江右俗力本务啬，其性习勤俭而安简朴，盖为齿繁土瘠，其人皆有愁苦之思焉。又其俗善积蓄，技业人归，计妻孥几口之家，岁用谷菽几多，解橐中装籴入之。必取足费，家无囷廪，则床头瓶罂无非菽粟者。余则以治缝浣、了征输，绝不作鲜衣怒马、燕宴戏剧之用。即囊无资斧者，且暂逋亲邻，计足糊家人口，则十余日而男子又告行矣。以故大荒无饥民，游子无内顾。盖忧生务本，俗之至美，是犹有蟋蟀、流火之风焉。

王士性于此处只作客观观察与总结，江西由于土地贫瘠、人口众多，故“有愁苦之思”，养成了勤俭简朴的民风。平日有余粮也不会拿去享受或改善生活，而是积蓄下来，以备不时之需。这种俭啬的好处是，即使荒年来了也无饥民，这在饥荒频仍的古代社会，是多了不起的自我管理与自救！所以王士性认为其地民俗“至美”，用《唐风·蟋蟀》与《豳风·七月》的诗句作比，当然是至高的赞美，那是农业社会“重本务农”“忧劳民事”的根本宗旨与精神美学。

王士性同时写到了杭州的民俗：“杭俗儇巧繁华，恶拘俭而乐游旷，大都渐染南渡盘游余习，而山川又足以鼓舞之。然皆勤劬自食，出其余以乐残日。男女自五岁以上，无无活计者，即缙绅家亦然。……人无担石之储，然亦不以储蓄为意。即舆夫仆隶，奔劳终日，夜则归市肴酒，夫妇团醉而后已。”（《广志绎》卷四）这种今朝有酒今朝醉的派头，与江西之俗形成了鲜明对比。设想一下在那个时代，如果一个杭州姑娘去了江西小伙家，应该是会连夜跑回来的，因为“恶拘俭、乐游旷”的习性之不可改呀。反之，江西小伙也极可能会对杭州姑娘口诛笔伐，视之为恶妇而避之不及。

王士性虽然没有设想过地域差别造成的场景冲突，但可以确定的一点是，他老人家不会用“政治正确”来填这个地域差别的坑。那个时候的政治正确应该是重本务农，反对商业，反对奢侈。而王先生的思想恰恰并不反对商业，也不反对奢侈，与“政治正确”还有一定的距离。在他看来，地理环境造就的差域是客观性的，与经济有关，与道德无关。他说：“游观虽非朴俗，然西湖业已为游地，则细民所藉为利，日不止千金，有司时禁之，固以易俗，但渔者、舟者、戏者、市者、酤者，咸失其本业，反不便于此辈也。”奢侈的游嬉，却间接地支持了就业，繁荣了市场。这显然迥异于当时一般的排斥商业、反对奢侈的“正统”思想。王士性的这种思想当然有其先进之处，当研究者讨论晚明的思想习气，尤其是“奢侈有理”之辨时，往往引他的这段话为证（可参林丽月《奢俭·本末·出处——

明清社会的秩序心态》）。

黄仁宇先生在《放宽历史的视界》一书里总结明代的失败，认为当时“政府之经济政策，不能以经济高度发展地区之情形为基础，而系以经济低度发展地区之情形为基础”。依然以江西为例，加以笔者的“过度诠释”就是：非但不提倡江西克服原有的地理、地域之弊，发展可能的产业迎头赶上，还非要让全国学习江西“蟋蟀流火”的精神。所以他进一步总结：“中国帝制下的权威，在西方人士看来，总是专制和中央集权。因为西方还没有一具类似的组织，能够抹杀各地区间的个别性格，忽视其自然之所赋予，而一意在一个庞大的地区上提倡文化的协调。”（黄仁宇《放宽历史的视界》）地域差别的沟，试图用文化协调来填，与“戏不够，女人凑”之类的恶俗也相去不远了。

# 请记得带礼物给我

帕慕克《纯真博物馆》里的主人公凯末尔，二十多年来，一直怀念年轻时短暂交往的恋人芙颂，把与她有关的每一个物件都保留了下来，两人幽会时的床和床单，桌上的一个烟灰缸，那位美丽又不羁的少女曾经在上面弹落烟灰；她掉落的耳环，以及房间里的每一个小摆设。如果说时间是一条纵向的河流，那么作家已经把这纵向的河流，变为了一条横向的时空隧道。在这条隧道里，时间是停止的，你还活在年轻的肉体里，因为你的恋人，正以永远年轻的形象存在于每个角落。激烈的痛苦与幸福，也还是那么新鲜，时时割裂着内心，就像没被时间之河冲刷过一样的锐利。

所以，相比于人事、情感的飘忽不定，东西（物质）显得多么的重要。“客从远方来，赠我漆鸣琴。木有相思文，弦有别离音。终身执此调，岁寒不改心。愿作阳春曲，宫商长相寻。”（鲍令晖《拟客从远方来》）送人一张桐木琴，雅致无比，可以解读出相思纹理、终身同调、岁寒不改等多情的含意。试问，当你空手去见情人时，你如何让情人解读你丰富的内心、坚贞无比的感情？“我爱你”三个字，实在是哪个势利鬼发明的空头支票，都说行为造就了语言，语言也会反过来影响行为，那么真实的爱情，也会随着空口无凭的“我爱你”三字，而逐年贬值，直至无物可当。

哪怕你要一个扇子，也可以有“纨扇如圆月，出自机中素”的美好过往，即使秋凉被弃，不也有夏日的浓情蜜意可追忆么？没有了这些可爱的小物件，我们对着月光的夜晚，心疼得毫无诗意，因为还得看各个公众号教我们如何手撕前男友、前女友。这时候，要是手边有若干把扇子、若干件珠宝、若干幅字画、若干张琴，我们也可以效仿下晴雯、杜十娘，撕撕扇子，沉沉珠宝（自沉还是免了），摔个琴那就更是弦断桐毁，裂人心魄了，何至于祸延前任之身呢？所以，就算是为人身安全计，也得多送礼物。

友情也不例外。王世贞的一位朋友去华山旅游了一趟，回来后，告知已经请人把他的名字也刻在华山顶上了：这不是我吹的，你看，我把刻你名字的墨跋都带来了。在交通并不便利的年代，亲自登上华山，怎么说都比现在索道上去不易多了。明人好游，五岳那么神圣的地方，人人都想去。我们搜搜明人的诗文集，会发现有好多“卧游五岳”的诗，那是因为大家没有机会、或没有条件去，只好在梦里游览，睡醒了再作诗留念。刻个“到此一游”在那时也还没有成为公共行为的禁忌，在华山之巅代刻一个，这是多么情真意切的礼物，谁说不是“堪比金石坚”呢？所以王世贞赋诗一首，以志感谢：“岳色褰帷面面新，叨将姓字上嶙峋。寒光忽映莲花掌，清梦翻添玉女颦。自是金天来使者，空劳紫气拟真人。坏居总抱袁闳恨，婚嫁那能系此身。”（王世贞《王参政明辅为余刻姓名太华绝顶以墨刻见示赋此为谢》）

收到朋友来信的时候，一般也会收到小礼物，新诗扇面是最常见的，也有带一本新刻的文集，或佛经，或法书字帖的，也有送当地出产的布匹，或其他小物件的。大概以表达情意为主，是些不会令送信人行李超重的小东西。信末附带一笔："拙诗书扇寄怀，并薄物，乞鉴入。"但随信而致的小礼物，只限比较亲近的朋友。对于有事相求的居高位者，或初次作书相通的长者，反而不能送，因为随信附带送礼，既冒昧又不庄重。但信末也会说明："相公素丝之风久著，暮夜之知并绝，岂敢冒昧以寸丝尺缕渎严重哉？"可见，送礼是个常态，不送的话，最好说明一下是因为对方地位尊重，不敢造次。

日常礼物，可参看冯梦祯的《快雪堂日记》，里面记载着好多样品。我像个偷窥狂一样，喜欢看他们送些什么书，又送些什么小物件。书籍类有《弘明集》《华严经》《中峰广录》《颜氏家训》《得士录》等。器物有扇子、砚台、竹匣、大时壶、汝窑小炉、汝窑花瓶等。食品有茶叶、频婆果、鲜菱、西瓜、佛手柑、曲米等。扇子送得最多，是因为买个扇面，写上自己新作的诗，近况、情感都传达到了，而且随本人名气大小、书法高下，具有一定的收藏价值，最是惠而不费。

翻开万历首辅王锡爵的文集，书信中就没有一处记载着来往礼物的。即使是与王世贞这样的密友，书信里的话题除朝廷公事外，也就是谈谈医药、养生，所以就无从得知他与朋友间的礼尚往来。据说他性格本就严峻，又因处于高位，在人情往来上有刻意避嫌的可能。

又如阳明后学周汝登的文集中，书信多是往来证道，口不言私。所以笔者的窥视欲，都是靠那些佻达的才子文人来满足的，比如我浙的大才子屠隆，书信中记载的礼物就既多又有趣。他被罢官后，多数时间靠朋友接济，过着类似山人打秋风的日子。某段时间，他可能手头拮据了，就给无锡富公子秦君阳写信，信尾才是重点："久不通问，良以为怀。赵千里山水一幅、益王妃篆书四幅、《韩昌黎集》一部、《罗念庵集》一部、湖罗一端、诗扇一柄、汉黄龙元年鼎一枚，奉将鄙情，伏纸麾顿。"这位秦公子，曾经要捐田百亩给屠隆，让他在无锡定居生活，屠隆当时拒绝了。这封信所附的礼物有点多，超重到不像一封信，而像一个艺术品拍卖会。除了两部集子、一把扇子、一匹湖罗尚属平常之物外，什么黄龙元年的鼎、益王妃的字、赵千里（南宋赵伯驹）的画，看起来都很可疑，与当下雅贿行当里的古董估计差不多。

屠隆作为一被罢的清贫官员，自然不是雅贿，反而有点像强取。被罢后他以才子、山人自居，大咧咧地向富朋友索取生活资费，学着魏晋人的狂放风度。想起来，金庸小说里不受礼法约束、古怪好吃的丐帮帮主洪七公，未免不是借鉴了晚明山人的一些可爱特征。屠隆动辄就会给好友冯梦祯开个礼物清单，比如：紫阳巾一顶，玉瓶一个，《维摩经》《高僧传》各一部。又在给一位共同友人的信中，绘声绘色地说起自己曾向冯梦祯要求分点薪水花花，冯竟然置之不理。这大户吃的，就像洪七公教导他的郭靖徒儿："徒儿，我传你一个叫化子讨饭的法门，主人家不给，你在门口缠他三日三夜，瞧他给是不给？"

礼物的作用是显而易见的，当爱情或友谊把我们抛弃时（或者我们抛弃它们，反正结果一样），礼物总会堂而皇之地留下来，作为记忆的凭证，生出很多美好的价值。所以，就算是为了对抗纵流如河的时间，我们也应该给朋友圈里奔赴在世界各地的朋友们留言："请记得带礼物给我。"

# 声色优于货利

陆陇其（1630—1692）在《三鱼堂日记》里比较明清士人优劣，说："明季士大夫相聚，上者言道德，次者论文章，最下宁可涉声色，无有及于货利者，视今日真天渊矣。"

看到这则与友人的闲谈，笔者倒是惊讶了一下，清初士人，尤其是由明入清的士人，对明代士风不是都鄙薄有加的吗？不是该骂他们败坏了学术风气、无父无君，乃至亡国易姓了吗？这里说士人品行明优于清，评判标准是什么呢？

标准根据的是私下聚会时的言谈。喝着酒闲聊天，甚至酒酣耳热，无所不谈时，你们会说些什么？这确实是一个人最真实的时候，最能反映他一贯的品性与爱好。翻开明人文集，如果此人风流自赏的话，一般都有些赠妓诗，文人雅好，倒并不足怪。平凡或低俗的内容本身，通过诗歌的典雅形式表达，甚至可追溯至《古诗十九首》中的一些经典诗句，俗也成了雅了。但明人有一点不同于前人，他们写男女情事，不单单限于写诗，也在日记、书信、纪传等体裁中写。

我们曾经被"内容主导说"骗过一阵子，觉得内容主导一切。但回到中国古典文学中一看，形式高于内容才是王道。一句"君子好逑"，脱离了诗歌含蓄、典雅的形式，不是成了土得掉渣的"安红，饿（我）爱你"，便是俗得要死的"春风十里不如你"了。

明人谈声色，以现在的眼光看，大多是物化与赏玩的把戏，很难看出美感。以清人的眼光看，“佻达”“放纵”“淫佚”都是他们曾用过的批评字眼，从内心来说，肯定也不曾看出里面的好来。所谓“最下宁可涉声色，无有及于货利者”，是因为有了特定的环境与参照，才会觉得声色好于货利。

贾宝玉说：“女儿是水做的骨肉，男子是泥做的骨肉，我见了女儿便清爽，见了男子便觉浊臭逼人！”其实宝玉讨厌的是那些专讲经济仕途“混账话”的男子，如果是脱离了这种“低俗趣味”的男子，如柳湘莲、秦钟等，他还是喜欢得不行。看来不管是从祀孔庙的陆陇其，还是穷困潦倒的曹雪芹，都觉得专讲货利好 low，还不如谈谈声色。

其实生活在清初的明遗民是绝口不谈货利的。全祖望（1705—1755）在《鲒埼亭集》里的碑铭志传，好多都是传写明遗民的忠贞气节的。当时文字狱工作抓得很紧，他能写这些志传，有人猜想可能是他续娶了满洲学士春台的女儿，岳家为他提供了政治上的护符（谢国桢语）。笔者觉得另一个原因是，政权稳定后，清廷出于表彰忠臣孝子的心理，而默许为明遗民立传了，所谓“周之顽民，商之义士”是也。该入《贰臣传》的，就算再有功，皇上也绝不会心软，早就拟好了单子等着他呢。

全祖望在集子里记载的好多明遗民，岂止不谈货利，简直就要“饿死首阳”了。比如李中孚（颙），“有馈遗者，虽十反亦不受”。别人劝他道，孟子说以礼相接，也可以接受馈赠。他回答说，孟子可学的多了，别的没学会，单学了这一样，可不好。话说到这儿，也只好任他穷饿去了。杭州仁和县人应撝谦，荐举当然是不去的，请他从事文化事业——修地方志，也不去。以至连件换洗的衣服都没有，大夏天仍穿着木棉夹衣走在路上。晒得憔悴不堪时，却被同乡一位任御史的姜姓官员遇到，姜御史忙回家取了两匹越葛送他，说这也不是盗跖之物，就不要拒绝了。赵先生回信说十分感动，但还是拒绝了。他说：我箱板子里还压着夏衣呢，只不过感了风寒，穿厚衣服蒸晒一下。不是不领情，而是我确实不需要。平湖人李天植也是一样性子，饭都吃不上了，朋友中有一位曹侍郎商量着大家接济一下，另一位朋友说："李先生不食人食，听其饿死可矣。"笔者心想，这朋友虽说直道，却也够狠心的。

回到文章开头，陆陇其该则日记写于康熙十六年（1677）十二月。早在顺治年间，抗清组织最多的鄞县，遗民们就商议着今后该如何。武装抗清失败，大家意识到接下来应该妥协着过日子了。他们一般利用诗社活动讨论一些事情，到后来，大家一致同意，他们这一辈人，如果出仕，或者有颂圣的言行，对不起，我们不能好好做朋友了，开除出诗社。至于各人的下一辈，只要还有科举，则该怎样还怎样，还是要走仕途。到时，大家对各自儿子的出仕，不再声讨，也不作名誉污点处理。（参见李邺嗣《杲堂集》）

除了开国之初的几朝，明代文人既爱谈道德文章，又爱谈声色，就像"中二病"的少年，终归还是处于一种较宽松的氛围内。嘉靖帝不可谓无权谋，但为了生父兴献王尊号庙祀等问题，大礼议几至君臣水火。万历帝想以己意立储，君臣拉锯战多年，最后也还是群臣说了算。所以明代士人的参与感"满血"，对皇帝，对同僚，都热情地无时不加以批评指正。这种满溢的热情难免也要化为荷尔蒙，时时体现出来。

明遗民们的后代终于不免要出仕了，妥协注定是要背弃先烈遗志的。皇帝终于不那么昏庸了，不像嘉靖似的想升仙，天天在西内祷祝斋醮。也没有万历那样的，几十年不上朝。但强大的帝王似乎一下子让中二少年长成了猥琐大叔，他们中规中矩，潜心学问的莫谈国是，醉心官场的就只有谈如何货利了。皇帝是批评不得了，未免少了很多乐趣。陆陇其也在日记中羡慕唐人写诗不用避忌，说："唐人歌诗，其于先世及当时事直辞咏寄，略无避隐。至宫禁嬖昵非外间所应知者，皆反复极言，而上之人亦不以为罪。"

清代士人的不谈声色，也许是强大的皇帝压抑得他们荷尔蒙也分泌少了，以至没兴趣说那些少年轻狂的事。但也有另一种可能，那便是大叔们只敢做伪君子，却不敢做真小人了。张爱玲比喻人生是华丽的袍子上爬满虱子，那么清代的猥琐大叔们，可能是怕他们的荷尔蒙，成了纯洁神圣帝国这面毯子上的污点，而被圣明的君主抓了现行，所以只好闭口不谈。

在热销的《权力的毛细管作用》一书中，王汎森先生借用福柯的权力理论，说明权力无所不在的渗透。书里主要举著作书写与刻书、刊行等环节里，士人们自我规训的心理与表现。而陆陇其日记中所记的这一则，则为我们提供了权力渗透下私生活的样态。

# 八卦及其他

记得以前看电影《笑傲江湖》《新龙门客栈》，太监们出场时，往往都是飞沙走石，阴霾蔽日，再配上“明成化年间”这样缓慢深沉的旁白，感觉小心灵受到了黑暗的暴击，以为太监们才是搅乱历史进程的幕后黑手。《大明王朝1566》里的苏杭织造太监杨金水，也是坏得可以，不仅跟商人沈一石勾结侵吞渔利，还出了个毁堤淹田的坏主意，除了对皇上效忠外，不免视天下人为草芥。这位公公对大臣们也是颐指气使，别说是抚台、巡按，就连胡宗宪这样的霸主狠角色，在他面前也是退让三分，无计可施。王劲松老师干巴瘦的形象，加上他一字一句、慢悠悠的台词表现力，把杨金水这个阴人演到位了。

但历史上的胡宗宪可是个扛把子，会受得了这种窝囊气？首先，胡宗宪并不是那么“醇儒”式的人物，至少不是王庆祥老师（在《大明王朝1566》中饰演胡宗宪）那样儒雅范的。《明史》及其他杂史、野史记胡宗宪，都少不了他献祥瑞这一节。《明世宗实录》记载嘉靖三十九年（1560）：“总督浙直福建军务尚书胡宗宪献芝草五，白龟二，上悦。名龟曰玉龟，芝曰仙芝，赐宗宪银五十两，金鹤衣一袭。礼部因请谢玄告庙，许之。”胡宗宪一生做了不少事，在那么多事中，偏偏这一条谁都不落地要为他写上，说明清流们对他还是有点不齿。

而且我们还有明朝当代史第一大作手王世贞，他可是为我们留下了不少八卦，包括胡宗宪与“杨金水”们。王世贞生前心心念念想写一部《大明王朝史》，也收集了不少资料，在他去世那一年，《弇山堂别集》行世。但他另外还有一本《弇州史料》，在他死后二十余年后的万历四十二年（1596）才被人刊刻出来，那里可有不少更劲爆的料。估计王世贞觉得有些史料不宜收入他的《大明王朝史》中，所以生前没刻出来。比如关于胡宗宪的，《弇州史料》八卦：胡宗宪有一次宴会，召集了杭州城不少妓女陪宴，给的钟点费也比较高，每位五两。晚明的社团活动比较多，定期的诗会，以及云栖大师在杭州发起、后来大盛特盛的放生会，费用一般是当次“AA”，或轮流做东。像这样的花酒宴会，胡宗宪做主人却不做东，AA 制也要搞出花样来。首先倒霉的是“杨金水”，他规定中官要多出钱，谁让你织造太监钱多呢！但郎中可以少出钱，因为薪俸少。“杨金水”这亏吃的，召妓竟然要太监出大头，这都什么事啊？李姓大官的儿子拿出一两，胡宗宪觉得他小气，装穷，把那银子夺过来直接扔西湖了。胡都堂就是这么“劫富济贫”、有个性的人。

胡都堂私生活上的率性，也是令人不忍直视，比如坐在轿子里手淫，又比如和一个都御史争夺一位美少年，吃起醋来把美少年投到军中。事后后悔，又赶紧送银子给少年，让他从军营逃走（看得出是真爱）。又与一位总兵官拿轿杠子角力，木头杠子顶得总兵头破血流，胡都堂就让人把自己绑了立在总兵身旁赔罪。又把一位湖广巡抚灌酒灌得口鼻流血，胡都堂也不顾体面，像个孩子般哭起来，又亲自给喂药，总算哄得这位巡抚消气。从这些八卦来看，这位胡都堂倒像是一位疯癫型人格的“狂者”，骄傲、果敢、独断，无视礼法，率性而为。

“杨金水”不仅会被直男胡都堂强行摊派，也会被另一些儒雅的绅士委婉劝募，王世贞本人就是一位劝募好手。可能是因为他文名远播，性格也比较随和，家里造了个大园子，只要有封介绍信，都可以在这个私人花园里游赏一下，或住上一两宿。好多人也想着要他的诗文、墓志铭，强大的人际关系网就这么形成了。吴国伦在湖北老家与某亲王一起想修条路，也写信给王世贞，托他想办法跟吴中的富人募钱。王世贞回信告知，能拿闲钱做慈善的，也就是两个织造太监、三个守备太监和另一位富室而已。但这几个富太监，已经被陆光祖拉着，捐了很多钱造宁波阿育王塔了。况且当年东南有水旱之灾，王世贞打算哄着他们再赈点灾，修路的事情就不好去提了（见《弇州续稿》，此信大概在万历十四年作）。

剧中杨金水后来疯了，虽然是装疯逃死，但活罪也算受够了。起因就在于商人沈一石去淳安买田，挂的竟然是织造局的灯笼，中间又来个海瑞要查真相，直接把杨公公给吓瘫了。挂个织造局的灯笼，为什么杨金水怕成这样？按他的说法，这是给皇上脸上抹黑，是欺君之罪。但史书上没有挂织造局灯笼出去招摇的，倒是有湖盗们挂着东林的灯笼招摇的。因为东林党声势浩大，有人就浑水摸鱼打起这灯笼来，不但小百姓不敢惹，官吏们也怕清流的围攻，轻易不敢去查。这种灯笼的作用，就像改革开放初期的特殊车牌，敢套牌出去招摇的他就不怕，真怕的，他就不出去招摇了，八卦党们表示没见过那么胆小的杨公公。

编剧设计杨金水对灯笼恐慌的表现，不知是否来自湖盗与灯笼故事。明代鄱阳湖、太湖一带，湖盗出没，顾炎武《天下郡国利病书》中专有一节讲湖盗。一开始是贫民打劫富户，后来富户也加入进去，因为不参与的话，在官府捕盗时，反而会被一整村为盗的人抓了交给官府，反诬为盗贼。申时行《纶扉简牍》与王世贞《弇州续稿》里，分别有几封书信，都是与内阁或地方官员讨论湖盗问题的。他们不约而同地要求“不必穷治”，理由是湖盗问题并不像传说的那么严重，原因也不过是荒年饥馑。言下之意，年成好转，盗贼自息。两人乡梓之地是苏州与太仓，濒近太湖，可能一是不希望捕盗弄得乡里不宁，二也是因为富户牵连进去后，有太多人际关系牵扯其中。就像《射雕英雄传》中的归云庄，在太湖边做着湖盗劫掠的活，但庄主陆乘风却是个知书识礼的乡绅。金庸先生也是用正面来表现这位庄主的，小说说的是宋事，但无疑是明代的环境与情实。

# 被侮辱与被损害的

今天去永寿宫议事，我还是一言不发，有什么好说的呢？大家看我，无非就像看一个傻瓜一样。两年了，我才再次见到我的父亲，哦，不，是父皇。我低着头不敢看他，但我知道，他那冷冰冰的眼光，像西伯利亚的寒风一样，快速地在我周身扫了一遍，再移往了别处。年关将近，严阁老、徐阁老，还有我的师傅张居正、高拱一起商量着开支用度。严世蕃也在，他的声音还是那么肆无忌惮。想到即将要向他行贿，请求拔给我拖欠三年的王府“给赐”，羞辱、惭愧、愤恨，种种不堪已经攫住了我的心脏，令我呼吸困难。一开始，我也只是让王府承奉去户部催要，但年年催，年年没有下文。还是冯保说了实话，说要是没有严世蕃的准许，户部是不会给我们拨款的。我这个天子的儿子，就是个笑话，就是个乞丐。好不容易先支了一千两年薪，但大家竟然说还不够，冯保跑去问他的干爹吕芳又借了五百两，勉强凑成一千五百两。还是要再欠吕芳一个人情，由他给严世蕃送去。虚伪而可耻的人啊，他们控制了这个世界，而懦弱的人，却注定要成为被侮辱与损害者。——《大明王朝1566》某一集裕王旁白。

旁白是假的，笔者看着剧中的裕王，有点风吹草动就要晕倒，实在太符合历史上的裕王性格了，不免击节感叹。又忽然想起陀思妥耶夫斯基的小说，便诌了这么一段。裕王确实是个悲摧的皇子，“被侮辱与被损害”的标签贴在他身上，最是妥帖不过了。旁白虽是虚构，但故事并非虚构。裕王贵为皇子，也是事实意义上的皇储，竟然要向严世蕃行贿，才能得到王府的给赐银，这是真事。向中贵人借了五百两银子，用来凑足行贿银，也是真事。

这条史料见于王世贞《弇州史料》、李绍文《皇明世说新语》、查应光《靳史》等书。王世贞说是听徐阶亲口说的，徐吐口咋舌，说：“严世蕃胆大过天啊！”弗兰克在《白银资本》这本书里写道，14—16世纪时，中国才是亚洲乃至世界的经济火车头，而因为这个经济中心的白银货币制度，使得欧洲有机会靠白银输出搭上了这列火车，并最终取代了火车头的地位。众多经济史家对明代的白银资本作了各种研究，许多研究提到，一条鞭法的实施，使得货币白银化得以最终的确立（近者可参看黄阿明《明代货币白银化与国家制度变革研究》）。

银子不仅便于赋税、商税，在行贿界，也来得硬通、实用。宝钞不经用，一掉水里或揣兜里一磨就废了，民间早不认账了。铜钱是古钱、新钱混着用，但终是面值低，小打小闹的，市井小民用来买个包子、买碗茶合适，在行贿界却没有它的席位。唐朝元载贪腐，抄家抄出胡椒八百斛，到了明代，虽说还有折色俸发胡椒的，但就跟现在中秋，单位巴巴地发一盒五仁月饼一样，让人讨厌，更别说行贿了。实物贸易不流行，实物行贿也不流行了，这才是真诚的商品经济社会。这种真诚的商品社会的气息已经在晚明弥漫，在裕王行贿的这个例子里，同样表露无遗。掌握了权力，就掌握了金钱的来源，好不容易得到的权力必有价码，所以严世蕃索贿是明码标价的，皇子概不例外。更应注意的是，这个没毛病的行贿事件里，裕王向太监借贷了五百两银子。这才是商业社会的契约精神，有借有还，咱事先可是说好的，太监即使口称“奴才”，也没有把银钱白送您裕王的理。

嘉靖皇帝相信道士说的“两龙不相见”，所以不见裕王，平时连裕王邸的消息都不愿听到，所以海瑞上疏里有这么一句：“二王不相见，人以为薄于父子。”估计裕王走在皇城里，也怪没面子的，既没有太子的头衔，也见不到皇帝，也难怪严世蕃敢收他的贿。但忧疑惊惧的日子过去后，裕王还是成了隆庆皇帝，这位受侮辱与损害的人，会做些什么政治改革呢？

首先，隆庆皇帝大概肯定不喜欢讲学。徐阶与罗汝芳、欧阳德在京城倡讲会，嘉靖三十二、三十三年（1553—1554）在灵济宫的讲会达到鼎盛，《明儒学案》记载赴会者千人，《明史·欧阳德传》里说赴会者五千人。灵济宫在现今灵境胡同这地儿，宫前还有另一重要机关西厂驻扎。《帝京景物略》是这么描绘灵济宫的：“皇城西，古木深林。春峨峨，夏幽幽，秋冬岑岑柯柯，风无风声，日无日色，中有碧瓦黄甃。”可见环境之清幽优美。又因其地宽敞，官员们的礼仪演习都在这里进行。到了隆庆二年（1568），欧阳绍庆（欧阳德之子）也在灵济宫举行了一次讲会，但与会者只有数十人。这里面固然有欧阳绍庆名望不及的原因，好比某大牛组个会，窗外都站满了蹭会的；某“青椒”组个会，打电话给研究生说给盒饭，还坐不满，道理似乎差不多。但嘉靖四十四年（1565）还有数千人参加的讲会，一到隆庆二年（1568）就锐减至数十人，况且灵济宫这么好一地方，就当是去游玩半日也不肯了，单从主讲者的号召力来讲，似乎也说不通。数千人中，就算有些是专奔大牛签名拍照的，但想着学习的、同学趁此聚会的、消磨时光的、被女友拉去的，各色人等总在不少吧，已经形成制度与风气的讲会，哪能一下凋零至此？所以，这里面有着上层的喜好与倾向在。就好比白衬衫不打领带，就忽然这么流行起来了，比时尚杂志的教导管用。士子们作为国家的预备干部队伍，这点敏感性还是有的。

隆庆皇帝并没有下令禁讲学，但在他主政时期，北京讲学凋零了。万历七年（1579），张居正下令禁止讲学，毁天下书院。履霜坚冰至，裕王与他的师傅，在讲学这一点上，内心应该是真诚地反对的。严格意义上说，这两位都是受侮辱与损害的人，于张居正，是小时候的辽王；于裕王，则是他自己的父亲以及严世蕃们。完全可以想象，看着师傅徐阶兴致勃勃地组织数千人的阳明学讲会，而自己却在偷偷地借钱准备行贿，裕王内心的某处有了崩塌，又已然作了某种决定。裕王与张居正就此成了坚定的务实主义者。隆庆的开海禁，开马市，节用度，不得不说，与他受侮辱与损害的经历，以及由此经历而来的内心信仰有一定关系。

# 嘉靖皇帝的城

说起《大明王朝1566》中一众演技派男神的表演，真是个个都有绝活，个个都有神来之笔，但要说我的最爱，那还得是陈宝国老师演的嘉靖皇帝。剧中几件青衣袍服被他穿得比龙袍还威严，时不时展开双臂在殿内回旋几圈，还真像只孤独的鹤。太监黄锦给他洗脚，说替主子委屈，扬州、苏州、杭州这些好地方，主子竟然一处都没去过。陈宝国老师本来仰着头正享受着扬式搓脚，听了这话，脸还是仰着没动，但眼睑微合，睫毛盖了下来，喉结艰难地动了一下，似乎把一个哽咽给生生地吞了回去。这瞬间的表情包含的情感确实复杂，谁说生在帝王家好呢？

钱锺书先生的《围城》，用了围在“城里的人想逃出来，城外的人想冲进去”的隐喻，隐喻人生无处不在的困境。但对于权力巅峰的紫禁城，这个隐喻也适用吗？嘉靖皇帝从湖北安陆藩邸进入皇城，完全出于一种命运的不可知，对于这个权力中心来说，他还是一个“外来者”。但嘉靖帝用不一般的固执与强硬，与大臣们展开了旷日持久的对峙。持续三年之久的大礼议，更让大臣们付出血的代价，宣告了皇帝的胜利。嘉靖二十年（1541）的宫变，算是嘉靖帝个人生活的大失败，此后，他搬入西苑居住，不再踏入大内，也不再上朝。但这个意外，对于嘉靖来说，未尝不是一个好机会，那就是逃离紫禁城，成为 SOHO 一族的好机会。

试看嘉靖帝在西苑的一系列土木工程，大概可见端倪。西苑的范围，包括了今天中南海、北海公园、国图文津馆这些地方，金鳌玉蝀桥也在其中。既有林木荫翳之美，又有烟波浩渺之胜，较之紫禁城，无疑显得辽阔而自由，是游猎、骑射的好场所，宣宗、英宗、宪宗、武宗，都喜欢去西苑骑射。但嘉靖皇帝对西苑的兴趣，却是不断地营建宫殿。从嘉靖十年（1531）至嘉靖二十年（1541），西苑内陆续兴建的有永寿宫、无逸殿、清馥殿、清虚殿等殿，豳风亭、宝月亭、翠芳亭等亭，又有海神祠、雷坛、雷宫等祠坛（参考单士元先生《明代建筑大事年表》《明北京宫苑图考》）。这些建筑群，从功能上说，覆盖了办公、生活、祠祝、游览等各方面的需要，似乎可以说，嘉靖皇帝一直做着逃离紫禁城的梦。

嘉靖帝迁入了西苑的永寿宫，随之，又兴建了大高玄殿，大光明殿、玉熙宫、神应轩等宫殿、亭台。在紫禁城外，嘉靖皇帝为自己建造了另一座城，这在座城里，他相对自由了。不可小瞧西苑与紫禁城的一步之遥，这意味着内阁与皇帝、内阁与群臣、皇帝与群臣诸种关系的变更，以及实际政治运作上的不同。对于皇帝来说，首先是不用上朝，作息时间可以自己定了，也不用见那些争论个没完的廷臣；经筵日讲，高头讲章也可撇过一边；嫔妃、儿子这些人，只剩下了责任与厌倦，从此也可以不见。最重要的，在这座他自己做主的新城里，可以一意斋醮、玄修，如果在大内，不知有多少祖制、规训在等着，可能永远不得清静。

对于嘉靖皇帝的这座新城来说，“围在城里的人想逃出来，城外的人想冲进去”，是否也适用呢？永寿宫在今国图文津馆向南的位置，内阁票本处在左掖门东，西苑当值的阁臣，少不了一番奔波之苦。比如严讷，兼着吏部尚书的职，每天要先去处理部事，再骑马去往西苑当值，晚上又要撰写青词，“小心谨畏，至成疾久不愈”（《明史》），入城的代价是用健康来换。

又比如另一位首辅夏言，嘉靖帝下令当值官员只许乘马，但夏言偏要乘一座小腰舆（简易轿子），这引起嘉靖的不快，要知道，严嵩也是八十之后，才得到乘轿的优待。进入西苑斋宫当值，不仅要头戴花环，还要换上轻便柔软的皮帛鞋子，以便祷告跪拜。但夏言认为这不符合臣子的装束，不愿换。城内的人想出去，说的就是这种无法改变自己，又不愿妥协吧。但这等于违反了约定，也失去了入城的意义，夏言因此被严嵩排挤下去，并被愤怒的嘉靖皇帝下令诛杀了。

另一个真从城内逃走的人是高拱。他是因为还没有子嗣，又要在西苑当值，所以就在附近租了房子，将一名妾侍接了住在里面，当值的日子，也可以时时抽空回趟家。他的入城，是在与徐阶关系融洽时，由徐阶引进的，但由于他性格耿直，这耿直有时不免转为鲁莽和愚戆，以致后来与徐阶不能相容。隆庆皇帝登基后，立刻有徐阶的同乡给事中胡应嘉上告，说在嘉靖帝病重时，高拱立刻卷起值班用品，以及本不属于他的一些物品，逃离了西苑值班室。对于一位内阁高级成员，这样的描述简直令人难堪与难以置信，但奏疏具在，也为《明史》所采信，真是入城难，出城也难。

在这座城内，以非凡的意志坚持下来的，只有严嵩与徐阶。严嵩算得上是最精勤的一位，据说他所住西苑值班处为板房，甚是简陋，连续多天当值也不回家更衣沐浴，简直比下乡调研的县干部还要艰苦。加之他的青词也写得好，嘉靖皇帝多年来对他非常满意，下令在他的值班处种植花木，又赐御膳、法酒，尽力改善他的环境与伙食。但他并没有在这座城里笑到最后，因为在外面的权力寻租太过了，终究超过了皇帝所能容忍的底线。这算是一位被驱逐出城的昔日猛将。

这么看来，徐阶才是最终的坚持者，用其坚忍的意志，与稍高于众人一筹的谋略，做到了与这座城相始终。嘉靖四十年，永寿宫被火烧毁，嘉靖帝移入玉熙宫居住。玉熙宫的位置正在今日国图文津馆的位置上，所以朋友们去看书时，可以在庭院中听松风谡谡，顺带感受一下嘉靖皇帝昔日道场的仙灵之气。徐阶还是最能洞察皇帝内心的一位，他提出可以在建造三殿所用的木材中，取其较小者用来重修永寿宫。这个提议既得皇帝欢心，又不至在廷臣中引起大的争议，并且由徐阶的儿子——工部主事徐璠亲自督造，工期非常紧凑，用了不到半年就完工了。而严嵩对于这次宫殿的火灾，并没有什么表示，觉得玉熙宫等处也可将就，不必再重修。这一对比，据说直接促使嘉靖帝下决心弃去严嵩。这在心理上完全可以理解，在一位苦心经营的城主看来，严嵩竟然对这座城池的兴废无动于衷，他过去的勤劳怎么都像假的；而徐阶则像一位真正的城中人，对于城内的损毁，他像主人一样急于重新修葺，不畏压力与艰苦，一草一木，俱有深情，此之谓也！孰高孰下，也一目了然了。亦可见，攻城容易，守城难，算是严嵩与徐阶之间的胜败之分吧。

但嘉靖皇帝一宾天，这些修了又修的宫殿，就被隆庆皇帝陆续拆了个精光，城池重归荒寂，所谓眼看他起高楼，眼看他楼塌了，则又是后话。可见这座城，不过是权力更集中的紫禁城罢了，束缚难熬不见得少，也难怪城中人屡屡逃亡。

# 嘉靖三十九年还杀了谁

最近，我“大明文史研究总会影视分会”有大动作，就是汇集一干演技派“男神”的《大明王朝1566》，潜伏十年后又回归收粉了。开篇镜头是在午门外杖杀钦天监周天逸，时间还是腊月二十九，揭示了嘉靖帝喜怒无常，严嵩父子把持朝政、压制言路的悲惨剧情。其实这一年杀的另一个人，才真正重要，算得上是嘉靖帝、严嵩父子杀人多米诺骨牌上的最后一块，那就是王世贞他爹——右都御史、总督蓟辽军务王忬。

历史上的奸臣有很多，多到数不过来，但要成为与秦桧一样有知名度的奸臣，还需大众媒介的传播。我小时候有一部越剧《五女拜寿》横空出世，横扫全国影视档，讲的是杨家三女儿嫁给了贫穷书生邹应龙，拜寿时被父母姊妹冷落。不久杨家受严嵩迫害落难，最终还是靠邹应龙劾罢严嵩，得以昭雪冤情。当年看何赛飞扮演的丫鬟，扶着主人在风雪中乞讨，那身段，那唱腔……总之我是记住大奸臣严嵩了。倪大红演技满满，但对于人物本身，我也只能引用一句“大奸似忠”了。

大概作于隆庆年间的《鸣凤记》，才是晚明至清最著名的严嵩故事传播剧。讲的是严嵩害死收复河套的夏言、曾铣，接着害死上疏的杨继盛，天下群情骚动。此后经邹应龙、孙丕扬、林润等御史的参劾，终于扳倒严嵩父子，奸臣得以铲除，忠臣得以申冤。钱谦益记载他五六岁时，就曾看过《鸣凤记》演剧，后来于万历三十八（1610）中进士时，见到了剧中的主人公之一孙丕扬，此时孙已任吏部尚书。钱谦益说，当时就如同见到了古人。“古人”在此是一个含有深情的褒义词，即“古风古德”，所以在五十四年之后，人生将尽之时，牧斋又将此情此景写入《病榻消寒杂咏》四十六首之中（《牧斋有学集》）。黄宗羲之子黄百家，在给刘宗周所作的寿序中说，他的祖母寿诞时，家里堂会演昆曲《鸣凤记》，看至忠义受难处，老祖母痛哭失声。《光绪江都续志》记载，有一位官员，看《鸣凤记》到动情处时，就会痛哭流涕，长跪不起。

这《鸣凤记》的作者，大家都怀疑是王世贞，或王世贞的门人。因为他爹王忬是被严氏父子所害，父仇不共戴天，加之王世贞又有写这种传奇的才能，不是他是谁？倒也有几分理。不管怎么说，严嵩奸臣形象的生动化，与王世贞父子有莫大关系。

说起来，这两对父子积怨已久。王世贞的祖父王倬，官至南京兵部右侍郎，到王世贞算是官三代。王氏家族可说是簪缨世族，积贮也不少。族谱上来讲，他们家是琅琊王氏（著名人物如王羲之等）之后，王世贞自己编定的著作，一定是署“琅琊王世贞元美”的。古代人重郡望，但经宋、元两代而至明，远署魏晋时郡望的不太多，可见王世贞对自己出身的骄傲。他于嘉靖二十六年（1547）中进士，在京的那段时间，任刑部主事，后升员外郎、郎中，又因结诗社，而有“五子”“七子”之名，故而权势品级虽与严世蕃无法相比，但他无疑以世家子弟自居，在心底里将严世蕃当作刚打进城的土老帽了。陈继儒《见闻录》

就有记载王世贞与严世蕃交恶，起于酒席间嘲笑等诸种细事。

加之杨继盛死时，王世贞为之料理后事，严氏父子也视之为公开叫板。王忬总督蓟辽，在一些具体的策略上与仇鸾、严嵩都有分歧，严党早就不满，一次战役失败后，终于总爆发，于嘉靖三十八年（1559）将其逮回京治罪，三十九年（1560）冬论斩。但有坊间传说，两家父子种种结怨，更有《清明上河图》一案夹杂其中。清代《一捧雪》传奇，就是影射这件事的。严世蕃听说王忬家藏有《清明上河图》，便派人索要，结果王忬用一幅临摹的副本给他，却被严氏一位门客识破，以致招来杀身之祸。与王世贞有过交往、万历时曾任礼部尚书的徐学谟主张这一说法，沈德符《万历野获编》、俞樾《茶香室杂钞》等，也主张这种说法。

王世贞本人有《〈清明上河图〉别本》跋二则，则说《清明上河图》有真、赝两本，他都见过，真本“人物舟车、桥道宫室皆细于发，而绝老劲有力”，初入于“墨相家”（当指严氏），后归隆庆帝。赝本则是吴人黄彪所造，有人认为是根据张择端的稿本加以删润而成，所以被误认为是真本，现被其弟王世懋收藏。但他又说，这赝本所据的稿本，应该出自距张择端不远的宋人之手，所以也非常精良；加之上头有吴宽、李东阳、文徵明、彭年、王谷祥等人的跋与字，也是不可多得（《弇州山人续稿》）。有点蹊跷的是，他不说在何处见到的那件真品，以及真品如何流入了严嵩家。

这中间又牵涉到唐顺之等人，唐鼎元先生在《唐荆川先生年谱》中，有较大篇幅为其先祖辩护，至于《清明上河图》之说，则认为王忬果真因此而死的话，王世贞应该绝口不提这幅画，不至于在文集中作《〈清明上河图〉别本》跋，那是全没良心的行为。总之，从戏剧到画，纷纭人口而莫衷一是。能确定的只是，杀王忬，是一件不小于杀杨继盛等人的事件。

王氏家族与徐阶家族，关系密切。一是地缘上的关系，苏松相邻，彼此皆以同乡相待。加之王世贞文名早播，徐阶对其青眼有加，曾私下对人说：这可是以后执史笔写我们的人呀，能不小心对待吗？王世贞在给徐阶写的行状里说，自己不敢以私情干谒徐阶，只在其还乡后才与其往来。但从其大量的私人书信中可知，隆庆初年改朝换代，王世贞、世懋兄弟俩立即上京，请求为其父平反，当时内阁中张居正是王世贞同年，但他对此事不表态，也不帮忙，高拱是阻止的态度，完全就是徐阶做的主，帮的忙。所以，王世贞与徐阶的关系，不是一朝一夕，当然更不是在其退休后才亲密起来的。

邹应龙的折子，是经过徐阶先行教诲改定的。在严氏父子罢黜之后四年，又收治严世蕃，以谋逆论斩，据沈德符《万历野获编》记载，此事他父亲闻之于同僚，林润上疏，也出自徐阶亲自指授。沈德符还记了一件事，说徐阶为了防严氏猜防，将长子常璠的次女许嫁严世蕃所爱幼子。严世蕃论斩前，孙女刚好到了出嫁的年龄，有一天儿子请安，徐阶面露怒色，儿子猜到了父亲的意图，就毒死了这个女儿。这事现在看来匪夷所思，狠毒异常，只能让人作“当不至于此”的退一步猜想。但徐阶确有政治家的才干，也有谋略家的手段，国事与宦途，也可能使他走到这一步。

至于徐阶说王世贞将来会执史笔，倒没预言错。王世贞作有《嘉靖以来首辅传》，大多为后来的清修《明史》所采用，取《首辅传》中的《杨廷和传》与《明史》对勘，后者几乎一字不易抄录了王世贞所作。《首辅传》中，对严嵩也无过激之论，其私人之怨，则多记于私人书信中。所以不知不觉中，关于徐阶、严嵩、张居正等，我们都或多或少，或直拉或间接，承继了王世贞留下的某些史料与观点。

# 明代的黄牛党

我有过几次与“黄牛党”打交道的失败经历。有一次去听演唱会，早早地买了票，最便宜的380元一张，坐在体育馆最后边靠墙的位置。第二天我同学说她也去了，开演前最后几分钟，在场外向黄牛买的，也是380元一张，坐在内场最前边、看得清伴舞脸上汗水的位置。又有一次买了两张京剧票，临开演却只有我一个人去。心想不能白浪费，干脆卖了吧，就把一张180元面值的票，跟剧场外的黄牛换了20元钱。于是在开演后十多分钟，我旁边的位置就多了一位秃头、抖腿、每隔五分钟就举起相机朝台上照相的家伙，因为照相问题，中途他还被工作人员警告两次，我被前后排观众连带投以鄙视的眼光若干次。

《大明王朝1566》中有一幕，表现的是明代俸禄的微薄。海瑞作为户部主事，给在京官员分发拖欠半年之久的俸禄，但大家在风雪中排队等来的，只有二斗米、两升胡椒与十吊铜钱。明代俸禄之薄，顾炎武《日知录》中的“财用”、赵翼《廿二史札记》中的“明官俸最薄”条，说得都较为详细。电视中说的胡椒，是折色俸的一种，虽然在嘉靖时期，已经不大可能发这种折色俸了。但明代的俸禄，确实是名目繁多，不仅有“本色”与“折色”之分，还有二者的比例变化，以及折色品种的变化等，不是专门做经济史研究的人，要理清其中脉络不容易。最近关注明代的俸禄问题，发现其中有趣的一点，就是伴随着各种形式的俸禄，都有类似“黄牛党”一类的人活跃在其中。说是“中介”也好，“黄牛党”也好，综其本质，就是做俸禄的转手生意，赚取其中的差价。

有一类人专做王府岁禄。明代的亲王禄米，最初的时候是五万石每年，后来觉得这实在有负担，改为每年一万石。一万石可不少啊，白花花的全是米，全都屯在家里呢，还是转卖掉一些？况且还想买点面怎么办？还要买点盐、买点茶，光有米可不行。而且到后来，银子通行了，上街去转一圈，不是说这个东西多少石米，而说这东西多少两银子，那就得把米换成银子。

王府的禄米转卖，数量不比升斗小民，要管家亲自出动，去街上卖？显然不合适。于是就有了“黄牛党”，他们负责把王府出来的禄米全吃下，再转手去卖。当然，黄牛得到的价格要低于市价，他的转手价，不管是与市价相平，还是高于市价，至少已有了先前的差价利润，保赚不赔。这有点类似于今天股票市场的“大宗交易”，就是持股人要抛售较大额度的股份，一般会达到几千万或上亿元人民币，这时候，他会找“中介”（黄牛），一次性把股票卖给他。价格呢，肯定要比市面的便宜，比如市价 10 元一股，卖给中介 8.5 元一股。中介赚到 1.5 元差价，再拿到股票市场上交易，随着股价浮动，或许会赚到远高于每股 1.5 元的利润。升斗小民会在意其中一二斗的差价，但大宗交易发起人，节约的是时间成本，况且，还能规避潜在的道德批判风险，譬如王府家人在街上卖米，可能会被百姓说：哇，我们吃不饱，您这儿多得要转卖呢！

由于这种大宗交易的保赚不赔，也就有“黄牛党”主动去诱惑买卖。可能有的王府就不能量入为出，头年卖米得了银子，第二年便遇荒年，假如国家说：你的俸禄先欠一欠，本色发一半，折色不发（荒年时，王府禄米通常会被减发，见《皇明名臣经济录·论禄米俸米》）。这下糟了，银子已花得七七八八，米价又贵，买不了几斗米，竟至有饿死之虞了。所以有禁“黄牛党”的条例：

> 凡射利之徒邀买王府禄粮者，照举放私债例，问发充军。所借本利没官，仍将辅导官参治。
>
> 各王府禁约将军以下，务要恪守祖训，不许骄奢妄费，将禄米减价转卖，驯致贫窘失所。如违，辅导等官启王参奏，量革禄米以示惩戒。如射利之徒收买禄票，加倍取利者，各该官司亦就拿问重治。（《万历会计录》，正德间条例。）

除了王府大宗买卖外，其他官员的俸禄发放，也是“黄牛党”的业务范围。这缘于明代的两京制度，以及漕运等问题。由于明代赋税多出于苏、松、常等东南几府，所以就由南京户部收贮税粮，两京官员俸米，都由南京发放。这中间也几经变动，成祖刚到北京时，特许一部分人可以从北京支领俸禄，其余的官员领粮票，到南京支取。因为虽然有漕运，但中间耗费脚价不菲，加之各种原因造成的漕运困难，所以本色俸多于南京领取。又有分俸制，比如叶盛是昆山人，就可以奏请将自己那份俸米，由南京户部转拨到昆山县给他父母，由他哥哥代为领取（《西垣奏草》）。这就省下了俸禄到北京的运费税了。但手里有粮票，却没有随处可见的粮店，就只好交由“黄牛党”了。《廿二史札记》说：“其百官俸米领票后，卖与商人赴领，每十石止值银一二两。”好比单位给我发了一张购物券，指定在离家17站远的某超市，时间限下个月初十前。刚好有黄牛收购，六折起价，我立马就出手了。后来还是巡抚周忱定出了一个俸禄折银的官方价，明代俸禄实发，才逐渐往银两上算。

要是用贱买高卖这个行动准则来定义“黄牛党”的话，那明朝政府绝对是最大的“黄牛党”，这在折色俸的变迁上体现得很突出。一开始全用本色，即发米。后来俸禄大部分发米，称“本色”，小部分用钞、胡椒、苏木等，称“折色”。财政困难的时候，又改为大部分折色，小部分本色。虽然胡椒、苏木是进口稀缺品，但要是单位每月给你发一瓶高档进口橄榄油，算你三分之一工资，恐怕你也得疯。后来发着发着，官员一查库存，发现胡椒、苏木用得差不多了（都是早年那些个友好邻邦送的，或许后来不友好，不送了），但仓库里还收着不少布。得，折色俸改为发布吧，一匹布折米十石。领了布到市上一看，换不来十石米。

白银占据流通后，折色俸也用银。但在折色俸与本色俸间无缝切换，也可以为政府省下一些钱。比如某年七月，该发军人本色俸六万石米，恰好米价较贱，官员便临时奏请，这月先发折色俸，每石米折银五钱，用三万两银子就发了工资。江西省恰好要交税，就向江西方面说，请把其中的六万石米折成银子纳税，算上脚价银，每石米折银八钱。江西方面也觉得比运米要省事，于是其中的六万石米，用四万八千两银子交到南京。这下南京户部收支平衡，还多出一万八千两银子，可以接济边饷（《皇明两朝疏钞》）。当然，这不是坑人的“黄牛”行为，只能算是资源调配利用。就比如在商场活动中，我捏着买300赠50的券，想着为了花这50元的券，再搭上钱包里仅剩的300元可不划算，正打算扔垃圾桶时，有个黄牛上来说：“有券吗？给你10元。”那我也立马就给了。而黄牛手上那一沓券，估摸着能买好几千的东西了。

# 戚家军的粮饷及其他

看电视剧《大明王朝 1566》，前半部说的一大摊子糟心事，都与浙江有关。嘉靖三十九年（1560），北有鞑靼，南有倭寇，国家到处要用钱，却发现钱没了。阁臣们开了个会，打算在浙江改稻为桑，种桑织绸，再利用海外贸易填补国库空虚，补充南北军需粮饷。至于粮饷到底补上了没有，我们台州倒还有一点“非物质遗产”保存下来，仅供猜想。

浙江台州习俗，元宵节吃“咸酸粥”，或叫“十五夜粥”。“咸酸”是当地土话，就是咸的意思，也有点“将就有点咸味”的意思。做法就是尽家里所有，白米里放一些过年腌制的猪肉骨头，再加芋头、赤豆、香菇、豆腐之类熬成一大锅粥，最后放入切碎的芥菜，如是而已。祖辈留下的传说是，当年戚继光将军在我们这抗倭，但军中缺粮，就想出放入各种杂粮蔬菜熬粥的办法。后来为了纪念戚将军，我们就在元宵节熬这种粥喝，并沿袭至今。这一习俗的蝴蝶效应就是，元宵节，当大家忙着普及元宵和汤圆的区别，或为了汤圆什么馅儿站队时，我却成了“你们吃这个啊”的化外之民。曾经有一位研究社会生活史的老师，对我们的传说表示怀疑：“喝粥要饿肚子，饿肚子就不能打仗。所以粥断不可能是军中伙食，传说恐怕有误。”这次看到电视里王庆祥演的胡宗宪，为了浙江的粮饷愁到生病时，我却笑了，心想：都堂大人，这下您可以作个证了，军中喝粥恐怕是真事啊！

嘉靖末年与万历朝相比，人口、田亩并无太大变化，据明张学颜著《万历会计录》，浙江省一年上交税粮，夏税折银约十万两多点，秋税折银约十五万两多点，一年总共二十六万两有余的样子，押库大半，留存地方政府小半。如果参照电视剧中艺伎芸娘的身价二十万两银子算，浙江一年留存本地政府的税收，只有这女子身价的一半。当然，这个身价银是为了表现富商沈一石的奢侈，戏说成分大。《警世通言》里，玉堂春是头牌，但王顺卿也是被老鸨赚了，被哄骗去了三万两银子，当时市价，“三万两也够买三百个粉头”了。那张契约文书里写，玉堂春作为贫民“周彦亨之女”被买时，身价只有“八百文”。经过调教、习养，花去成本若干，成为一百两银子行情价的普通青楼女子，也已经是百倍身价了。一到荒年就饿殍遍野的时代，人是最不值钱的，会弹《广陵散》也值不了这个钱。现在社会发展到五环房价都升五万了，即便我会弹《广陵散》，还会古人不会的编码，也值不了一个房本的价。

戚家军多金华、义乌兵，经戚继光的训练，纪律严明，所以就算粮饷不备，也没传出什么变乱来，但别的军营就不同了。同是嘉靖三十九年，南京军营就闹事了。当时带家眷的士卒月粮一石，不带家眷的减四成，春、秋二个月每石米折色银五钱。算起来也不太多，但国库空虚，支用紧张，南京户部的几位官员商议决定，减去眷属的那部分月粮，再减一个月的折色。士卒们立刻闹起来，将户部侍郎黄懋官也杀了，暴尸街头（见《明纪》等）。监察御史赵时齐在事变后上疏，倒有一些数据可看。据这道奏疏，当时南京户部所储粮食三十余万石，只够四个月支放；库银三万余两，只够一月支给。所以请求中央政府，将浙江、江西、湖广的起运粮米，借用数十万石。同时派出官员，向这些省份收取嘉靖三十八年所欠的粮税，并主张参照正德年间例子，用些手段，加紧催收。

奏疏中也提到了浙江等地当时“连遭倭患，饥馑因之”，南京兵营士卒骄悍、管理不当也需改革，但他还是提出了南京是国家二百多年的根基，军队必须维稳的理由，要求南方几省粮米支援南京（《乞议处兵食疏》）。赵时齐的奏疏，从杨博的《本兵疏议》来看，钱粮部分推给了户部处理，兵部没有发表意见，估计最后户部也没奏准。地方财政要源源不断给中央政府输血，但遇上管理不善的中央政府，非但起不到集中调配的作用，还使地方无力自保，这些明末黄宗羲等人都已作过总结。所以，即使当时嘉靖许诺胡宗宪“东南帑藏悉从调取”，但因为各地方政府的实际困难，如电视里演的向苏州借粮，是不大可能的。

“天高皇帝远”，这句话让皇帝来看，觉得是说刁民难管；让“刁民”来看，分明是说“皇帝他是谁”，不见人也不管事；让上奏的官员来看，不禁要吼：“拜托，这不是比喻，是实情啊！”北京太远了。明代的驿站此时已经出现了重大问题，根本不能像电视里那样，大事小情，办个贪官，也来个八百里加急，天天北京、杭州来回递消息。即使天天递，也不大可能八九天就一个来回。要知道，嘉靖四十年（1561），倭寇袭破福建兴化等城的军报，是四十多天后才送达北京的。兵部问迟到的原由，报告也是一肚子苦水："问其迟留之故，则云所在驿分如入无人之境，既乏口粮，又乏脚力，风尘徒步，不胜苦楚。"（杨博《本兵疏议》）当时驿站的情况是："十夫九逃，十马九缺，十驿九闲。"也难怪他们逃离，被户口政策"圈"在驿站当差的百姓，实在是困苦难当。吕坤的建言里说到那种苦楚："百姓之差，驿递为重，而驿递之差，轿扛为重。招募贫民，一日才得银二分耳。……腹饥担重，力尽途长。肩凝涂靛之伤，项结覆盆之瘿。如此民艰，仁人陨泪。"

可见天天去跟皇帝要兵、要粮并不现实，况且当时各处调兵，动辄半年一年，等兵士聚集，倭寇已然逃走。且不一定会打仗，地方官又从军饷中贪腐，困难的兵士难免贻害地方。与张居正主持内阁时代全力保障粮饷不同，这时戚家军靠的是自己募兵，并于当地解决粮饷。戚祚国《戚少保年谱耆编》嘉靖三十九年谱，说征兵法大有实效，经总督胡宗宪保举后得以实行："遂罢征天下兵饷，而土人御倭自此始。"所以，戚家军在台州抗倭的粮饷，应该是靠着地方政府的库粮，百姓的募集，以及"喝粥"的权宜，这么渡过来的。所以，元宵节喝粥这个传说中的纪念，也是有些根柢可寻的。题外话：其实这道粥还是非常美味的，而且各家各有心传，但奇怪的是，店面里却很少有这道食物出售，就算去台州本地，也要深入"基层"才能吃到，算得上是一道深藏民间的美食。

# 万历皇帝的面条

大家爱调侃TVB剧中每剧不落的台词："哪，人生呢，最重要的是开心。你饿不饿？我下碗面给你吃。"不知大家是调侃这俗套呢，还是调侃这面条？对此我倒没有深究。最近看《明神宗实录》，却无意间竟发现，万历皇帝竟然还为首辅张居正下过一碗面条呢！看来，这"下碗面给你吃"，倒是一种悠久的情感表达模式，而不仅仅是滥俗套呢。

朱东润先生的《张居正大传》写作于抗战时期，当时未能得见《明神宗实录》，有些明人诗文集也借阅不到。但仿佛站在高处，将制度、时局、人物间的关系指点得一清二楚；又仿佛进入了私密领域，将传主及关联人物的心理揣摩得纤丝入微。再看《明神宗实录》中的一些细节，不免更要敬佩朱先生在心理分析上的精准。

吃面一事发生在万历二年（1574）五月，"辛巳，上御文华殿讲读时，辅臣张居正偶患腹痛，上知之，手调辣面一器以赐，并辅臣吕调阳各赐金镶牙箸一双同食。"吕调阳是张居正汲引的次辅，也是老实人，这碗面，充其量，他只能算是陪吃的。万历皇帝时年十二岁，大权牢牢地掌握在首辅手里，他对这位老师兼监护人，敬畏之外，未免有点小心谨慎地讨好。

万历皇帝对张居正的礼遇，比如盛夏让人给先生打扇，冬天让人为先生所站的方砖上铺毡子，都是大家耳熟能详的事了。但亲手做面，倒只《明神宗实录》一家记载。但贵为皇上，也不能真去厨房下面条，所以是“手调辣面一器”，即膳房下好面端过来，由皇帝亲自配好花椒、香油等调料，将面拌好送给老师。朱东润先生《张居正大传》也引了这例子，有点不同的是，皇帝调的是一碗椒汤。这个说法当出自于慎行的《榖山笔麈》，云：“一日，江陵在直庐感病，上御文华后阁，亲调椒汤，使使赐之。”张岱《石匮书》、查继佐《罪惟录》等书亦有记载，字句都与《榖山笔麈》无异，明显是承袭于慎行一人的记载而来。

于慎行是张居正的门生，隆庆时就以翰林院编修的身份做了日讲官，张居正独裁政治，他曾当面规谏老师；但当张居正身后被抄家，大家纷纷落井下石时，他还能站出来说句公道话。所以，这是一位有机会耳闻其事的人。但毕竟不是亲历，难免有了椒汤与面的差异。《明实录》从隆庆后期始，大学士们借修实录等便利，有陆续抄出的，但目前来看，也只有王世贞等少数几个既对当代史料感兴趣，又有能力获得的人，才在著作中留下了借鉴《明实录》的痕迹，其他人则很少有能看到的机缘，于慎行所闻稍有差异，也不足为奇。

椒汤或是唐代孙思邈的《千金要方》中姜椒汤的演变，“姜椒汤，治胸中积聚痰饮，饮食减少，胃气不足，咳逆呕吐。方：姜汁七合，蜀椒三合，桂心、附子、甘草各一两……”（《孙真人备急千金要方》）后来，这剂汤方去掉了桂心、附子等药，只余蜀椒一味，就成了椒汤。明嘉靖年间栾尚约所纂《宣府镇志》记年节风俗：“或整办柏酒、椒汤、嘉蔬、珍果、殽蒸之品，延款宾客。”明代王在晋《西溪探梅记》里也写：“僧贡茶芽、菜甲、椒汤、胡饼。”又，清代钱澄之《阻雨万松坪纪事》诗云：“老禅呼水濯我足，更作椒汤暖我腹。”（《田间诗集》）可见，至明清时期，椒汤已成为居家旅行的必备饮品。

椒汤作为饮品，应该还加了糖，使之可口入味。清陈文述《哀饥民》诗云：“中道设椒汤，蔗糖以甘之。糖味可和胃，椒性能温脾。”（《颐道堂诗选》）可见椒汤里是加蔗糖的。椒汤的身价倒也有记录，冯梦龙《醒世恒言》三十四回《一文钱小隙造奇冤》里，就有写到椒汤的成本，“忽一日杨氏患肚疼，思想椒汤吃，把一文钱教长儿到市上买椒。……再旺道：‘你往那里去？’长儿道：‘娘肚疼，教我买椒泡汤吃。’”一文钱，在那时也是极低廉的价格，所以小说的回目是“一文钱小隙”，指其微小。又王国安、黄宗羲所纂《两浙通志》，写象山一名清廉的知县：“唐师锡莆田人，万历中知象山，布衣蔬食，以澹泊率僚友，未尝取民间束菜，胥吏皆帖然畏服。常坐堂问杯茗不得，则以椒汤进。”清贫的知县没有茶，只能喝椒汤；赈济饥民，用大桶加糖的椒汤。可见，椒汤比茶水更便宜实用。

所以，万历皇帝亲手调制的那一碗，我更倾向于相信《实录》所记，是一碗辣面，而不是一碗椒汤。况且当时还赐了两双金镶象牙筷子，喝汤显然用不到筷子。张居正当时患腹痛，与我们今天一生病，就被告诫说“不要吃辛辣食物”不同，万历皇帝反而调了一碗辣面。应该是那个时代，疼痛大多被认为是“积寒”“脾弱”等病因的症状，辣椒则是发散之物，正是对症。看来古今之间的对症与忌食，也与心理暗示差不多。

在当时，辣面应当比椒汤高档不少，明代乐天大笑生辑《解愠编》，里面有一则笑话《先吃后打》，说一个乡下人进城，面馆老板正在街边热情招呼客人，乡下人还以为不要钱，进去吃了三碗辣面，结果没钱结账，被店老板打了八九扁担赶了出来。乡下人回家对乡邻说：城里的辣面可真好吃，三扁担可买一碗。对于乡下人来说，辣面还是餐馆里的好食物，或许就像今天的蟹粉面、爆鳝面一类，各种配料为我们熟知，但究竟要怎么做，小家子的人却没什么见识。《警世通言》二十四卷“玉堂春落难逢夫”里，皮氏打算毒杀丈夫与玉堂春，寻思在面条里下毒。小丫头说，比起一般的面条，主人更喜欢辣面。可见，在操作与口味上，辣面都代表了一种更高级的时尚趋势。

张居正当政的十年，万历皇帝表现出的恭敬真是无与伦比，而张居正身后招致的报复，也是残酷无比。抄家时封门就饿死十几口人，儿子敬修自杀，懋修自杀未成。同时代人爱举一个著名的例子，就是：“上（神宗）在讲筵读《论语》‘色勃如也’，误读作‘背’字。居正忽从旁厉声曰：‘当作勃字。’上悚然而惊，同列皆失色。”认为居正之倨傲而不自知，为其结局埋下了天大的祸根。关于这点，朱东润先生说得好，就像一个家庭里不能有两个主妇，他们之间的权力主掌之争，是二人关系的根本矛盾。朱先生说：“居正是一个精明不过的人，但是正因为神宗年纪太小，一切都被他瞒过了。”

正因为他们之间矛盾的不可避免，所以万历皇帝对张居正诸多的好，同时一点一滴地掺杂了恨。而在诸种好里，这碗极少被人提及的面条，在我看来，未必是最好之好，但亦是最恨之恨了，丝毫不亚于《玉堂春落难逢夫》里那碗下了毒的辣面。

看来，以后要有人无聊到问你饿不饿，要为你下面条，你却千万不可无聊，反要打起十二分精神，问一句：“我真的有那么可爱，让你要为我下面条吗？”

## 左顺门

嘉靖皇帝一入皇城，就因本生父兴献王的尊号问题，开始了与大臣们的分歧与争执，称为“大礼议”。争到第三年（1524），从先秦到宋代，再到本朝的礼制问题，论战双方能动用的老底子学问也用完了，是到了该突破的时候了。七月十五日那天，上完早朝之后，首先有两个官员冒出来说，我们的评论都发不出来了（奏疏留中），看来皇帝是要一意孤行了。又有一个说，这个有先例，宪宗朝时争慈懿皇太后葬礼，大家在文华门哭谏，皇帝立刻就认错改正了。这时首辅杨廷和之子，后来著名的文学家杨慎站出来说：“国家养士百五十年，伏节死义，正在今日！”提出言论被压制的现实，又举出成功的先例，再加以道义的鼓动，一场风暴的台风眼迅速形成。在这当口，就有王元正等几人出来站在金水桥南，拦住退朝官员的去路说：“万世瞻仰，在此一举。不力争者，共击之。”台风眼的力量，就是能裹挟周围的一切，以成其风暴中心，这时候想要做井底水的，也得先去漩涡里转一圈了。

于是二百二十余人，一起跪伏在左顺门前哭谏，大喊高皇帝、孝宗皇帝。嘉靖派司礼监劝说三次无效后，于傍晚时分，下令逮捕一百三十四人，打四十杖，打死十七人，是为左顺门事件。这应该是明朝大臣与皇帝的最后一次大规模硬刚，万历五年（1577）争张居正“夺情”，也不过打了艾穆、邹元标等五人，也是打四十杖，但都没打死。不过臣子们也没弄哭谏这一套，只是不断发帖（上疏）而已，双方都弱了不少。终于只剩下崇祯一个人天天换内阁，据说最后那晚兵临城下，只有太监守着城头，没一个人敢去告诉他实情，第二天也没几个人去紫禁城探看。写《明季甲乙汇编》《甲申传信录》之类的遗老们，想起亡国之痛，不免要恨“士林无羞恶之心”。但对于士林大多数人来说，经过左顺门一打，他们与紫禁城就“断舍离”了，简直就是：“前夫家的事，我管他做甚？”明朝往事分明应了一句世俗谈：CP 们还是要小吵怡情，吵三年没吵出个结果，看似效率低，但你们还是 CP 啊。一棍子下去，效率是高了，但没死的也得装死了。

不过我感兴趣的是，群臣们为何选择在左顺门前哭谏，而不是奉天门？那才是通往正殿的正大门，况且还是早朝的地点。这可能与明代的早、午朝制度有关。洪武、永乐两位创始 CEO 比较勤劳，于是有了这个制度。开始时，也就是上午办不完的，下午接着办而已。但在它的设计里，有良好的因素。地点移动，礼节简化，各部堂官，拿本向皇帝面奏，就是进门说事。内阁、公、侯、伯等侍立，会议讨论，现场办公。不像早朝那么正式，但效率高，有针对性地解决具体政务。好比一个学院开会，上午在大会议室举行，各种条幅、摆位、主席台、嘉宾席，礼节繁琐。发言有主持人、院领导、院系大牛，都挺重要，其实啥事没干，上午的会就这么完了。下午才到院长室办公，院长、副院长、学科带头人都在，各系主任进去说事。大到学科建设费、项目费，今年晋升名额，与其他院校怎么对刚；小到多要一间办公室，某老师的情绪问题怎么解决，都可以一并说了解决。

这个制度有精勤的本意，开放的设计，但并没有得到好的执行。正统时停了午朝，景泰年间才重新开始，成化朝时有时无，弘治重开，武宗朝又废。即使是有午朝的时节，也是一月开不了几天。就像美好的理想，总是若隐若现。一般都是皇帝新上任，臣子就会上一道疏：请正常午朝。但是否执行，得看皇帝的个性，以及皇帝与大臣间的博弈。后来的大臣们，不断地试图往这个框架里加进理想的成分，到了万历十四年（1586）姜士昌的奏疏，他的理想午朝，就有几分近似现代议会议政的思想了（《万历疏钞·直陈关系治体四事以仰裨圣明万一疏》）。

左顺门是奉天门左侧廊庑正中的门，现在故宫协和门的位置（本文多从整个左顺门廊庑意义上讲）。据《弇州史料》：“东阁在左顺门廊，接史馆。虽有大学士官，其职在文渊阁，而司诰敕官多坐东阁，为侍从之长，故总谓之阁老。”左顺门廊东头的东阁，制敕诰官在这儿办公，且东阁也与史馆相连，是办公集中地。官员也在此处上交奏本，接收批复。同时，左顺门也是“大经筵”（月讲）后宴请讲官、侍读等人的所在。可见，在象征“家天下”的紫禁城内，左顺门是一块小小的公共领域，大臣们在这儿办公，表达意见，接受旨意，参与讨论，感受荣誉。左顺门是分权与臣下的一种记忆与象征，参与感让人产生使命感（或者说“错觉”），所以大家选择在此哭谏。

这十七人《明史》中有传，虽然有的只有半行字，但总归还有姓名。也有几位，有著名的师友为其作传，比如湛若水为臧应奎，邹守益为王思，邵宝为杨淮（胡吉勋《“大礼议”与明廷人事变局》“杖卒与谪戍官员”章，社会科学文献出版社，2007）。这些人里，既有温和的孝子，也有暴脾气的愤青；有砥砺名节的名士，也有经常请病假的才子。不过他们也有一个共同点，几乎都有与中官或豪强斗争的经历，而且大多于嘉靖元年（1522），被从基层起用。进士履历多不长，以正德十二年（1517）进士的最多，次则正德九年（1514）。杨廷和等一班老臣，经过正德皇帝十多年的荒唐折腾，感觉新朝来了，起用了一批生猛的新鲜血液。无奈好钢易折，遇上嘉靖这把大铡刀，也只能叹时兮运兮了。

读诸种传记，看到这些人的友人，委托著名人士为他们的朋友作传，记下他们的生平言笑；以及徐阶在嘉靖皇帝死后，借遗诏为左顺门事件平反，感觉遗民们可能是骂自己人的缘故，下嘴狠了点。

不过杨慎《升庵集》中，似不及这十七位死者只字，可能是“情何以堪”的回避吧。另有一位户部员外郎申良，任山东招远知县时，帮助县民御盗战守，做了不少好事。招远县民们为他立了生祠，春秋两季仲月“望碑而祭”（《顺治招远县志》《光绪登州府志》《济南金石志》等）。申良调离招远后，职位仅是知县、知州，进京后不久被杖而亡；后来又经历平反，改朝换代。但县民们似乎于这一切都无所耳闻，也无所关切，祭祀并未变动，只是在光绪年间，才自然停止。

# 作恶与原谅

当恶来势汹汹，我们难逃厄运时，我们该恨谁？是始作俑者，还是那个执行命令，挥起皮鞭的人？而当一切过去，我们终于活下来了，我们是该原谅，还是该复仇？要说被复仇，一代名臣张居正可是有够惨。张居正身死之后，不到一年，就被削夺一切官号封赏，追加刑戮，再抄没家产。说到抄没一节，有点惨，他的儿子一个自杀，一个自杀未遂，被关在宅内的家人，饿死十几个。牵连至张居正生前的亲信僚属，在抄没后十几年，还在追缴窝藏的赃款。这其中不乏冤枉的，比如与张居正关系好，但没有替他保管财产。也有不冤枉的，但实则没有窝藏那么多。追缴到后来，就不乏家破人亡的。

这种瓜蔓抄累及无辜的做法里，有万历皇帝的恶，这位皇帝的性子，有与他爷爷嘉靖帝一样的刚愎，而由于小时候深受张居正这位师傅，与冯保这位“大伴”的严苛约束，更有几分阴鸷的样子。对于张居正，他还能收敛自己的不满，直到张居正死后，他才把这种恨意加倍发泄出来。但在对待冯保时，他的阴狠不满早就有所显露。万历时曾任礼部尚书的于慎行，记载了万历戏弄冯保的几件小事，一件是大夏天，万历先藏起扇子，不准左右的小太监说出去，再故意让冯保四处找扇子，直到冯保累得满头大汗。又有一次，万历皇帝看见冯保穿了一件新的红色袍服，就故意赏他一块糕点，亲自塞到他的衣袖中，弄得冯保一身新衣，油污污地渍开去，洗都洗不掉。于是，就有人看见冯保出来后伤心地哭泣（《谷山笔麈》）。要知道当时冯保已经是司礼监掌印太监，而且丝绸多贵啊，掌印太监的袍服也是很华美的。万历这家伙，口里尊敬称着大伴，下起手来，可比往朋友新买的爱马仕包包上泼咖啡的假闺蜜要狠多了。

有这种阴鸷狠心的皇帝，执行命令的人就揣摩到了自己可以无底线。所以，催逼张居正赃款的事，可以持续十年。其实张居正一死，冯保被遣往南京，万历解除了令他讨厌的约束，心头恨也狠狠地发泄了，张、冯二人与他的生活已经了无关涉，他不至于有心思去管张、冯二人过去的僚属。拿着鞭子去追要的人，未必没有公报私仇的。那些受牵连的人，在张居正死后反而还过着时时被掠夺家产、朝不保夕的日子，这时，他是该恨万历呢，还是恨那些拿着圣意，所以举起鞭子抽打他们的人？要我说，还是更恨那些举起鞭子的人。

因为皇帝只有一个，而且中国的皇帝是“天子”，他在名义上，是要行天之道的，就是说，不管他有多狠，都有粉饰太平的需要，他不至于亲口说：你给我杀人，你给我多杀人。所以，就算阿伦特“平庸的恶”的概念，离明代还好遥远，但作为当时有身份的人，“莫以恶小而为之”的古训，理应都听过。作为有身份的人，更是通过科举考试，背过圣贤书的。所以，作恶者，个人选择在他的行动中占更大分量。

张居正掌权时，源于他的“恶”，也生出不少“恶”。张居正非常专断独行，权力的高度集中，令他的周围聚集了不少要借势上位，并刻意逢迎讨好的人。到他病重时，满朝的文武官员，都去东岳庙为他祷告。地方官员，要么集体行动，要么单独在家里、在路边，为他设醮祷告。声势之大，到了“举朝若狂”的地步。没有参加祈祷的，老资格的官员有申时行、王世贞等几个，年轻的官员则有魏允中、顾宪成等几个。其他参加的人呢，他们的祈祷，更多的不是真诚，而是恐惧。在强权面前，害怕自己没有得到强权的眷顾，又害怕自己被强权碾压，就连强权依附的肉身将要消亡这件事，他们都不敢相信。

万历五年（1577）“夺情”之争，打了不少人的棍子，这其中，就有张居正的私心用刑。邹元标被打八十大杖，打烂了，腿肉剜去一大块，人称“打不死的邹元标”。随着邹元标被打，并被谪去贵州都匀卫，一桩更大、更有名的“恶”开始了。宣城有一位青年学生叫吴德望的，对朝廷的一系列打人事件早就激愤难平，听说邹元标被谪南下，就早早在南京的江口上等。等到后，过船去紧紧握着邹的手，泪如雨下，两人长谈而别。青年学生心中充满了对国家民族前途命运的担忧，回去后写了长信呈给张居正，历数其罪。公开信发表，就像暴风眼的形成，卷起了一阵风浪。另一个看热闹不怕事大的学生，根据这件事擅自添戏，先是撰写了一个奏疏到处传，署名海瑞；再撰写了一个旨意要处分海瑞，又到处传，署名万历。事情如他意搞大了，万历与张居正都不高兴。这“不高兴”可是“大旨意”，张居正的亲信立马动手，把两学生都抓了。乱署名的学生因为咬出了一些本来不牵连其中、但被政敌不爽的人，比如宣城的状元沈懋学等，因此逃过一死。而吴德望，惨死在狱中了。先是一天天地饿，衣服里的棉絮都咬出来吃了，没饿死，那些人等得不耐烦，就用土袋子把他给压死了。

笔者博士论文研究对象屠隆先生，本是风流才子，到宣城听这位学生的家人朋友说了惨状之后，也激愤难平，写了七言古诗《孤愤篇》，并有长长的序言，纪念这位吴德望君。当时的好多人，对此事都作了记载，大多数人都说，这是张居正作的恶啊。也有不少人说，张居正其实没下命令要杀这个学生，是底下人太操切了。中国古有“希旨”的传统，先有为上者的“恶意”，但更多的，是为下者对“恶意”的发现，与对“恶意”的执行。

怪不得阳明先生要倡议“知行合一”，因为他老先生早就觉得，我们的国民性太坏了，非好好改造不可了。有人说，坏事总得怪皇帝、宰相，都是他们让我做坏事的，我不做坏事就要杀头的呀。阳明先生心里骂：“屁话！皇帝只是一个符号，你才是实实在在的人。你在街上打人，还把人打死，皇帝把刀架你脖子上了吗？再说了，就算皇帝要杀人，那也是先杀我们这些大臣，你有那个份吗？还不打就要杀头了，你也配！呸！”但阳明先生是圣人，他不发火，他冲来人捻须微笑，说道：“人人皆是圣人，就算皇帝不是好人，我相信你也能成为好人。相信你自己，你能的。”

再回到开头原谅与复仇的问题，以我经历的一系列小事件来看，原谅殊非易事。对于经历过恶的压迫的人来说，每一天的生活，都有如被吞噬般的痛苦，而复仇，根本不能解脱你的痛苦。想想你为什么会承受恶呢？因为你是弱者。作为弱者的复仇，必然伴随着自己的毁灭或陷入恶的泥潭。但是人的解脱，也只有原谅一条道路，因为原谅是强者的事，只有你建设了比之前更美好的世界与生活，你才有资格说原谅。其实不是原谅，而是你在建设时，已经打败了作恶者。

# 单向度的明代男色文化

明代的男色成风，我们从文献及文学作品中就能获知了。其中不乏两情相悦，与正常人伦呼应，保持稳定关系的，如风流才子屠隆与歌童采菱。屠隆先是从好友冯梦祯的父亲处，接手了歌童采菱，彼时他赴京任职礼部，意气自得，采菱也正当年华。后来他被削职，过着打打秋风，卖卖文章混饭吃的日子，但人们还是看到两人好好地在一起，有诗为证："风情老去似徐娘，犹逐王孙负锦囊。莫驾轻车残雪里，人间无处觅萧郎。"（胡应麟《少室山房集》卷七十六《采菱曲十二章有序》）

但把这种风靡的男色文化，当成是宽容社会的自由选择，可能就是我们自作多情了。沈德符在《万历野获编》里就说了，男色风靡，不外乎以下几种不得已的情况。一是出门在外没带家眷的官员，二是被严禁"通奸"的僧人，三是在外课馆的塾师，四是监狱里的犯人，还有一种就是，京城里禁官伎后，官员们改用男伎，俗称为"小唱"者（《万历野获编·男色之靡》）。归纳一句就是，这不过是方便的"性"而已，被社会监督的各色人等，借着身边人的方便与隐蔽，宣泄着泛滥的情欲。

既然"方便"是奥义所在，那么温情什么的，显然是多余的。比如，"霸道总裁"胡宗宪先生的风格是这样的：总督浙江时，有一次到巡抚都御史阮鹗府上饮酒，看到一位漂亮的门童，就记在了心里。某一个公休日，带着人来掳走了门童，阮鹗听说是长官干的，也不敢说什么。只不过逮着一次到胡府喝酒的机会，阮鹗与门童私下悄悄耳语，两人还依依不舍地流下了眼泪。胡总裁被酒冲昏了头，喝令就地绑了门童砍头，还好行令者知道这位长官在情绪上不靠谱，等他酒醒后才放了门童（王世贞《弇州史料》后集卷三十六）。

男色作为礼物送起来，也比送一个女人之类，不会受世人诟病（因为不容易发现啊）。话说有一位淳朴的周解元（周汝砺），中了解元却考不中进士，只好在南浔的前礼部尚书董份家做家庭教师。时间久了，就提出请假。但董家是谁呀，是富冠三吴还不知餍足的主，后来还因为土地纠纷实在太大，引发了湖州地面声势浩大的“民变”。主人知道老师是想家了，明面上不好意思拒，但带薪假实在不想给。于是心生一计，让家中一个年轻仆人，把周解元灌醉后，强行出柜了。淳朴的周解元在不淳朴后，也就不提请假的事，一心一意上全勤班了（沈德符《万历野获编·周解元淳朴》）。这是吝啬的主人与廉价的性贿赂的故事。

歌童、门童、小厮，这些底层的依附者，由于没有声音留下来，更显得像个用过就消失了的工具，因为顺手，因为随心，因为没有麻烦，就被用了，或者愿意（为了一餐饭），或者不愿意（不知道能为了什么），总之，都不重要了。换一个阶层，在精英们的身上，会发生什么呢?

明代科举界，至嘉靖五年（1526）的科举改革前，以貌取人是一直存在的。一开始或许有政治正确的意思，希望得到一些“浓眉大眼”的选举人才，能代表正面的政治形象。所以，建文三年（1401），第二名的胡广，因为长得好看被拔至第一。宣德八年（1433）：“上复命内阁礼部选进士及乙榜年少质美者，得进士尹昌、黄瓒、赵智、陈睿、傅纲、黄回祖六人为庶吉士。”（王世贞《弇山堂别集·科试考一》，上海古籍出版社，2017年）

但接下来就逐渐变味了，成了一些主试者个人“猎艳”的竞逐地。嘉靖五年改革前，弥封官能直接送卷子给读卷官，此时，弥封者已记住了重点卷子的名字，可以告诉读卷官哪张是谁的。读卷官接卷后，可以回家住宿，而这一夜，可能就有内阁主试者上门了，他们已经暗地里观察好了一些候选者，选择标准是貌美、年轻与声誉。这样，在一堆成绩靠前的卷子中，就能大概率选出几个中意的美少年进入前几名，再顺利进入庶吉士队伍。从此，他们就成了教官与学员，老师与生徒，从而紧密地联系在一起。这让人联想到《凯恩斯传》里写的“剑桥研究会”，即“信使会”选拔新成员的情节。凯恩斯们在浓郁的同人氛围中，按严格的程序，挑选美貌年少，同时又聪明绝顶的新人入会（罗伯特·斯基德尔斯基著，相蓝欣、储英译《凯恩斯传》，生活·读书·新知三联书店，2006年）。享受着悦己的性或性幻想便利，可说是暧昧至极、又狡猾至极的知识分子便利了。

不过也有看走眼的时候，与万贵妃攀上亲的万阁老万安，在成化十四年（1478）科试唱名时，就看好了“美而颀长”的曾彦，看他的策论，也觉得万分好，击节叹赏，于是就定曾彦为第一名。结果陛传时，走上来的状元又老又丑（54岁了），满脸胡子，个子还矮。可能昨天唱名时，万阁老眼花耳背，一时弄岔了。万阁老那个失意啊，“退再取策阅之，平平耳”（王世贞《弇山堂别集·科试考二》）。我们找曾彦状元的像看看，倒不像八卦说的那么不堪，再怎么说，人家也是饱读诗书的进士。而失意的万阁老，此时年已六十有二。要是有个年轻的状元不小心被摸了手，既告不了官，又不好写进文章骂，发现自己跟门童、小厮也差不了多少，我真怕他坚忍的儒家三观都要崩塌了。

# 方孝孺与蛇王庙

鲁迅先生在纪念柔石时，说他是“台州式的硬气”，那是连他的同乡前贤——方孝孺，一起给纪念了。但在明代该怎么纪念方孝孺呢？是否会犯忌讳？

这对老百姓来说，倒不成问题，直接封神就是了。苏州娄门内有蛇王庙，每年四月十二日为蛇王生日，香火旺盛，据说蛇王就是方孝孺。“殿上供方夫妇金身，高三尺许，作明代装，皆朝服。”（郭则沄《洞灵小志》卷三《方孝孺为蛇王》）这是民国晚近时还能见到的塑像与传说。

说蛇王就是方孝孺，百姓们是信的。可能他们觉得这样的好人，忠义节烈，死了封神，然后在天上保佑点人间生计，是完全合理的。至于为什么就成了蛇王，那倒不怎么重要了。就像宝玉在晴雯死后，一个小丫鬟用言语安慰他，恰巧瞧见池子里的芙蓉，就说晴雯是做芙蓉花神去了，他也深信不疑。但谨守“不语怪力乱神”教诲的人士，可能就不会认同，如顾禄《清嘉录》：“钱思元《吴门补乘》：‘蛇王庙在娄门内，负城临水，杰阁巍然，与毗陵舣舟亭相似。前殿塑蛇将军，特假蛇耳。’或相传蛇王为方正学，正堪喷饭。”他的质疑也不是没有缘由，据明代钱希言所记，苏州的蛇王庙，原来是捕蛙人的祭拜之所。数百艘捕蛙人的小船，常年用短的青竹竿子，载着牲酒纸马来献祭蛇王。献祭过后，夜里捕蛙时，用这根短青竹竿子开路，就能保一路平安，不受毒蛇之害。

这根短的青竹竿子，是规避毒蛇的加持神器，与金庸小说《射雕英雄传》里的打狗棒，倒有几分相似。首先是形制相像："洪七公改用随身携带的竹棒，这是丐帮中历代帮主相传之物，质地柔韧，比单剑长了一尺。"（第二十回）又多次写这竹棒"碧绿犹如翡翠般"，"晶莹碧绿"，可见也是一根长短适中、便于手持、碧绿晶莹的竹竿子。其次是功用相似。欧阳锋在出桃花岛的船上大施阴谋，又是放蝮蛇，又是使蛇杖，无奈洪七公打狗棒在手，"右手舞起打狗棒，打死了十余条蝮蛇"。就算蛇杖有机括，还有毒蛇缠绕，但："洪七公是天下乞丐之首，自是打蛇的好手，竹棒使将开来，攻敌之余，还乘隙击打杖上毒蛇的要害。"这青竹棒就是蛇的克星。

捕蛙人的青竹棒，变成了丐帮的打狗棒，蛇王庙里，又另供奉了方孝孺，看似不搭，倒也不是不能理解。就像资本市场的借壳制度，一个早就上市的毛巾厂干不下去了，倒也不用着急退市扒厂房；因为刚巧有个做芯片的科技公司想上市，但过审排队要等太久，又有名额限制，不如就购置毛巾厂的股份控股，快速达到上市目的。庙宇没换，主神换了，动静小，时间短，皆大欢喜。这就是壳的价值，本就有的蛇王庙，口述中传下来的神奇的青竹棒，都是珍贵的，不知什么时候，就会被新的、需要传承的内容给借了壳。

虽然仁宗一即位（1425），就对方孝孺被诛表示了一点歉意，赦免了尚被关押的方氏亲属，但事件的性质没有改变，被诛戮的罪状也并未免除。一直到万历初年，在南京建“表忠祠”，碑录建文朝的忠臣，方孝孺列名其上；万历十三年（1585），赦免了谪戍的方氏后裔一千多人（《明史·方孝孺传》），才算是官方意义上的“平反”。

在此之前，凭吊或祠祀都还是忌讳，胡应麟称：“自方正学死事，海内讳言其文。近始大行褒显，而祠庙尚缺。”（《诗薮》续编一）如洪熙年间建在宁海的方正学祠，不久就被侵占而废，弘治年间经地方官重修，不久又废（《雍正浙江通志》）。由此也可窥见在明前、中期这一长段时间内，官方对纪念方孝孺一事，持不提倡、不负责的态度。万历初年有官方定论后，各地的祠祀才兴起。万历二十六年，宁海重建方正学祠（《雍正浙江通志》），万历三十七年，督学杨庭筠在松江建求忠书院祭祀方孝孺，其后陈继儒作《求忠书院记》，董其昌书碑，为一时盛事（何三畏《云间志略》卷九、董其昌《容台集》卷二）。

文人学士凭吊方孝孺，一般是在南京梅冈其墓侧的木末亭，亭中悬挂方正学像。此亭虽称“方正学祠”，但亭子四面空敞，与祠堂的形制毕竟不同，只是约定俗成的凭吊之所而已。形诸吟咏，也要在嘉靖末、万历初才零星一见。可惜凭吊不了多久，就轮到明遗民来吊残碑了，如张溥门生葛芝的《寻方正学先生祠》云：“灌木烟深蔓草平，我来何处谒先生。残碑在地封苍藓，断础无人窜野鼪。落落寒松留正直，差差白石忆坚贞。年来名节真如扫，恸哭空山鸟雀惊。”（《卧龙山人集》卷五）

# 落花诗

生在这个时代的我不会玩游戏，这绝非美德，与自律、惜时等都毫无干系，倒像是缺乏交流，缺少朋友的社交障碍表现。在今天不会玩游戏，就像穿越回明代，却不会写《落花诗》一样。这种严重缺乏游戏精神的事情，是连隐居的圣人王夫之都不会做的。

《落花诗》究竟是严肃的，还是游戏的？沈周《落花诗》三十首的最后一句是："莫怪流连三十咏，老夫伤处少人知。"由于和者太多，又有续作二十首，末句又再强调一遍："莫怪留连五十咏，老夫伤处少人知。"他提示大家注意，《落花诗》深寓他的伤痛情怀，而非游戏之作。就像小孩子辩称："游戏里有很多人生哲理呀，我不单单是在玩哦。"但他分明就是这个游戏的开创者："弘治甲子春，石田（即沈周，号石田）首倡《落花诗》，衡山（即文徵明，号衡山居士）、迪功（即徐祯卿，著有《迪功集》）和之。旋衡山随计吏南都，又属吕太常秉之再和，金春玉应，备极喁于之盛。石田又各有酬报，先后累至三十篇。是岁十月，衡山以精楷书之，都四家六十篇，自为跋语。"（顾文彬《过云楼书画记》）由于他先作了三十首，又有了文徵明、徐祯卿、吕㦂等人的和诗。这些人都太有名了，就像一款游戏，有了好的框架，又有名家加持，一下子就火爆了。

其后和者无数，一直到清代，诗人们的《落花诗》，也往往是十首、二十首、三十首地作，可以说，游戏的框架得到了很好的保持。

批评家们却不认为《落花诗》很严肃，至少他们没有看到沈周说的“老夫伤处”。陈田《明诗纪事》评道：“吴中《落花诗》自沈石田起，一咏三十律，一时诗人倡和者斐然，至有和韵者，未免东坡捣辛之诮。”沈涛《瓠庐诗话》：“明文、沈《落花》唱和诗数十首，余于中取二言焉，曰：‘美人迟暮无家别，逐客春深尽族行。’乾隆间袁简斋、胡稚威辈亦有《落花诗》各十余首，余亦取二言焉，曰：‘婵娟有恨生相见，弱水无端死欲西。’一石田句，一稚威句。”这评论也很不怎么样，这么多落花诗，只看得上沈周一联，胡天游（字稚威）一联，连唐寅、文徵明、袁枚都不入眼，未免鉴赏有问题。潘德舆《养一斋诗话》评：“同题既纤俗，诗亦浅陋，非名家所宜有。启南《落花诗》三十首，警句无出予所引一联之上者。凡一题作诗十首、百首，皆俗格，启南乃未解此。”

在评论家看来，一是题材有问题，落花，明显不属于文以载道一类。二是创新有问题，同一题写三十、五十首，创新何在？格调何在？这里倒不是“启南未解此”，而是批评家未解此游戏精神了。同一题，做个一、二首不在话下，但要做二十首、三十首，甚至五十首，没有纯粹的游戏精神，是做不了的。虞淳熙还记了一个更厉害的：“所谓贞道人者，初不识字，得旨后赋《落花诗》，一日而成三百首。”（《虞德园先生集》）据说还有汤显祖为他作序。一天作三百首《落花诗》，这真是要破吉尼斯纪录了。批评家看到的是“俗”，游戏玩家看到的却是“高”，在格律的束缚下，写出故事，写出新意，写出情感，这恐怕与“载道”的精神有点相左，却与游戏的“通关”精神比较切合。从青铜到钻石，不仅仅是与他人较段位，同时也是在突破自己的段位。不是游戏玩家的评论家看《落花诗》，就显得隔了。

王夫之在《寄咏落花十首》序里写：“即物皆载花形，即事皆含落意。”物之萌生、发展，其生机与活力，皆可以花比拟，是“物皆载花形”；而从盈虚消息、由盛及衰的过程来看，则事物都有落花的“落”之意。如此说来，落花，确实可以在哲思与情感的外延上，涵括前期流行的“登高”“咏怀”等题材。所以，虽然沈周的“老夫伤处”被批评家们忽略，但我们还是能通过游戏体的《落花诗》感知到。弘治十七年（1504）的四位倡和者，沈周、文徵明、徐祯卿、吕㦂，都是苏州人，后来的和者唐寅也是，大量创作《落花诗》的，多是东南一带的文人。是有那么一批东南文人，似乎从高启死后，就成了当代遗民，总觉得这世界有哪儿不对，永远都在怀念不知是哪一朝的“前朝”。比如，一提到建文皇帝，就像触到了某个兴奋点，辩之不休，关于建文逊国，及《致身录》真伪等问题的诸多文章，稍一浏览，十有八九是江南人士所作。这也是《落花诗》流行的一个原因。

这就好比游戏语言。比如我们一见面，总要互相关心下：“你有什么伤心事吗？失恋了吗？被强拆了吗？”好像什么话题都不太合适，不是探听隐私，就是倾倒苦水，或是谩骂当政。而这些事，真不会“痛苦说出来就减轻了一半”，自招罪愆的可能倒是多了一半不止。而游戏则不同，有一套玩家们各自了然于胸的语言，既沟通了感情，又不容易惹麻烦。

我认为写得最好的，或者说，这个游戏里最好的玩家，当数唐寅与王夫之。唐寅的开创，在于他打消了大家对《落花诗》哀怨的固有期待，而代之以俳谐。他的《和沈石田落花诗三十首》第一首是这样的："今朝春比昨朝春，北阮翻成南阮贫。借问牧童应没酒，试尝梅子又生仁。六如偈送钱塘妾，八斗才逢洛水神。多少好花空落尽，不曾遇着赏花人。"落花的光景，就像一系列不合时宜的反转：昨天还是富少，今天就成了穷光蛋；问牧童哪儿有酒家，这熊孩子只一句"没有"。娶妾本为欢爱，却赠以色空之"六如偈"，这不是"注孤生"与"特矫情"嘛。才子逢着女神又怎样，还不是看看就好。东坡与朝云，子建与洛神，偶像剧被拍成了搞笑剧，唐伯虎已化身落花，毒舌了一把：同情你自己吧，人类。

在《落花诗》中寄托兴亡哀痛之感，是比较正统而大宗的题材，如归庄作《落花诗》，就对"愤怒出诗人"的情感颇有自信。但无论是情感还是表现力，还是要数王夫之的《落花诗》最令人印象深刻。他的《落花诗》九十九首，作于顺治十六年（1659）至十八年（1661）期间，其时，他曾效命的永历王朝已宣告终结，幽愤之情，自非他人可比。他的《正落花诗》十首，如枯墨山水，写飘零之时来不及离别、没有梦境的绝望情感，离乱之时的落花，有着铁血杀戮的味道。

但他的续、广、诨等《落花诗》，却更多地传承了唐寅的那种俳谐之风。对此，他在诗序里有解释："岂但工部诙谐，黄鱼乌鬼；抑且昌黎悲愤，豕腹龙头。诨有自来，言之无罪。"

杜甫在四川时作有《戏作俳谐体遣闷》，也就是说，愤怒的诗人，他写出来的可能是一出喜剧。如："车笠公欺竹柏盟，翩翩故学魏收惊。雕虫投阁羞童子，傅粉全躯愧老生。"（王夫之《续落花诗》）魏收有"魏收惊蛱蝶"之号，而扬雄则惧而投阁。将落花飞坠，比作才子的轻狂翩翩，惊动蛱蝶，又比作惊恐的学究不小心坠落。其实我觉得只有真正战斗过的人才能理解这种幽默："哎呀，就要掉下去了！挣扎与坠落都好尴尬呀……但又怎样？我还是花儿。"

# 明代朝贡体系中的番僧

《射雕英雄传》里，江南七怪数千里跋涉，终于在蒙古找到了郭靖，夜里在荒山上等着考验他的时候，不意间发现了草丛中的三堆骷髅头骨，头骨上还有五个手指插出来的窟窿，不禁大惊失色。记得在看电视演绎时，“黑风双煞”的骷髅头道具，带来的恐怖效果确实非同一般。

但要是回到明代，可能就不会有这般的恐怖效果，有一段时期，骷髅头骨还是送礼的流行呢。万历十四年（1586），王世贞在生日时为避宾客，躲在青浦的泖塔中诵经焚香，不料还是被好友张佳胤获得踪迹，派人送来了两样生日礼物：一个“异僧颅骨”，一套白玉杯盘。搜寻颅骨颇费好友苦心，尤显珍奇，王世贞于是欣然收下（《弇州山人续稿》卷一百八十四《答张肖甫司马》）。颅骨即“骷髅法碗”，以高僧头颅骨作为饮器，盛净水作供奉佛祖之用（《弇州山人续稿》卷一百八十七《张助甫》）。佛舍利供奉并不鲜见，而将头颅骨、头顶骨作为法器，则源于明代朝贡体系中的重要一环——番僧，所带来的流行。

顶骨数珠、骷髅法碗等，在很长时间内，是番僧进贡所献的常规物品。倪岳《止番僧疏》说：“俱以西番腥膻之徒，污我中华礼义之教。锦衣玉食，靡费钱粮。前拥后诃，擅作威福。献顶骨数珠，骷髅法碗，以秽污之物，冒升赏之荣，名曰祝圣，实为妄诞。”（《皇明名臣经济录》卷十三）宫廷的流行波及开来，加之番僧也有夹带的贸易，就形成了一种风尚。《水浒传》中，武松假扮行者避难，是从孙二娘处，得了一位头陀的“一百单八颗人顶骨数珠”。金圣叹对这位头陀的来历，甚感兴趣：“又见张青店中麻杀一头陀，竟不知何人，吾又胸前弥月不快。”（《金圣叹评水浒》第四十九回）番僧进贡本有定规，准其名位高者国师、头目等入贡。但各朝政策宽严不定，规定也形同虚设，成了一本糊涂账。宣德、正统间每次入贡三四十人，景泰间增至三百人，天顺间达到二三千人。由于赏赐丰厚，有很多伪造护照身份，冒充番僧来领赏的（《明宪宗实录》卷二十一）。所以，也合该金圣叹郁闷了，因为《水浒传》作者是照着明代的环境写的，戴着顶骨数珠的番僧，并非稀奇到必有名姓可查；况且这头陀的身份，极可能来历不明，或者本来就伪造身份，故此落单在内地乱窜。

比金圣叹更无语的恐怕是嘉靖皇帝了。嘉靖十五年（1536），皇帝打算拆掉宫城内的佛殿，改建成太后居所，派几位大臣进去看看选址如何。结果发现里面贮藏着无数的佛头、佛骨、佛牙，有用金银盒子装着的，也有散落的。已经无法用件数来清数，只好称重，计有“万三千余斤”（《明世宗实录》嘉靖十五年五月）。大臣们的意思是拿去埋了，毕竟有“佛骨”之名。但在追求长生、肉体不灭的道教徒嘉靖的眼中，这分明就是一万多斤的骷髅枯骨，还堆在寝处其中的紫禁城，怎么想都还是恨难消，于是下令拿出宫外焚烧扬弃了。

在嘉靖十五年（1536）的清理佛骨后，嘉靖皇帝又于嘉靖二十二年（1543），下令拆毁了靠近宫城而建的大慈恩寺，驱逐居停其中人数众多的番僧，把这所宣德年间重建，能登高望远的宝刹名胜，拆得“寸椽片瓦亦不存，今射所是也”（《万历野获编》卷一《赐百官食》）。沈德符说嘉靖皇帝虽然驱逐了番僧，可惜他自己设醮修玄，恐怕十倍于正德皇帝事佛。但沈德符忽略了经济账，嘉靖皇帝修玄，即使是十倍不务正业于正德，但从费用来说，绝对是节约了的。我怀疑从王府上来的嘉靖皇帝是这么算账的：修仙虽然要花费，但让大臣们写写青词，也是物尽所用，总比赏赐番僧另外开销要划算。正德年间，居留在京城的番僧人数已达到万人左右，而且都需内库拨银供养，这是一笔不菲的开销。而且国师、禅师们的酒、肉类饮食补贴，由宫内光禄寺供给，一天至有来领二次三次者（《万历野获编》卷二十七《僧道异恩》），这也是道教徒嘉靖皇帝所不能忍的，终于把几朝积下来的大麻烦，用一句“不喜欢”给结束了。

嘉靖皇帝去了眼前烦，把京城中的番僧驱逐了，大慈恩寺拆了，但朝贡番僧人数，并没有如预算减少。嘉靖初，曾把番僧入贡人数限在三百人内（《大明会典》卷一百八），照《实录》的记载来看，并未能执行规定，还是年年超额，有多达千余人入贡的。只能对四川地面的起送官、巡抚等，进行申斥批评了事。也有查到地方官贪污受贿，多卖名额的，但也未见严厉处罚，因为事涉“怀柔远人”，上下都有点含糊其词应对。嘉靖十年（1531），又改为六百人。当时加上其他女直等部，“例应一岁及三岁入贡者不下五千四百人，赏赐彩币不下五千五百余匹”（《明世宗实录》嘉靖六年十月）。

道教徒嘉靖皇帝治下，番僧入贡一项开支就如此可观，到佛教徒万历皇帝时期，甚至又请番僧入宫内诵经了，但番僧入贡人数却大大减少了。这要得益于张居正的政策，如他写信给甘肃巡抚面授机宜，告知处理番僧入贡的意见，一是不鼓励，请他们不要来了。二是假如非要来，人数不可参照其他入贡的部族。三是规定时间、地点，由陕西境入，冬来春回。四是内库赏赐，都要由张居正本人审核过目（《张太岳先生文集》卷三十《答甘肃巡抚侯掖川》）。又多次告知宣大巡抚郑洛，让其坚持番僧本没有入贡的先例，给赏只是特恩的原则（《张太岳先生文集》卷三十三）。张居正是能臣，能定策略，又有一批忠心（臣服）于他的臣下，把贯彻他的"旨意"作为第一要务，反倒是番僧，还要通过顺义王向张居正求情，才得到入贡的机会。

朝贡体系中，番僧一项受批评最多，引起反感最强烈，耗费巨大是一个原因，而番僧居留期间的不法行为，则是更重要的原因。正统年间姚夔奏章"礼部为陈言兴利除害事"中提到番僧入贡时的诸多不法：挟带私货，劳扰驿递；成群结党，行凶打人；勒要财物，强淫妇女等等（姚夔《姚文敏公遗稿》卷十）。而且赏赐之丰厚，与国内民生凋敝的惨象对比，更触目惊心。如成化二年四月，巡按河南监察御史娄芳陈言事宜云："今淮、徐、河南等处人民鬻卖男女者，沿途成群，价直贱甚。甚至夷人番僧亦行收买。乞出内库银帛赍付巡视都御史设法收赎，及禁约边关，不许番僧人等夹带中国人口出境，仍给价，赎还原籍。"（《明宪宗实录》卷二九）遇到灾年，老百姓卖儿卖女，番僧反而用朝廷赏赐的银两，沿途买入人口，带出边境（为奴），这在儒家官员眼中，实在有失国格体统，只好再动用内库银两买回，庶几不失面子。又嘉靖三年（1524），当年番僧入贡总人数 1423 人，其中 167 人进京，1256 人留边（就是少数代表进京，领很多人的赏赐）。同年六月，户部上奏，安徽、江苏地面的水旱灾荒，已造成“垂死极贫者四十五万，以疫之死者十之二三”（《明世宗实录》卷四十）。而番僧赏赐的人均额度很高，参照万历年间来看，人均 4 两至 12 两不等（何士晋《工部厂库须知》卷九），即七品至四品官年俸间的波动均值。这一对比，拿着俸禄的官员也很难不愤怒。

从历朝奏疏来看，有很多反对番僧入贡的大臣及章奏，但除了张居正等少数几位能臣，大多也只能提供些批评意见，而提不了“建设性”意见的。皇帝们也远没有洋洋自得于“天朝”的欣喜，反而是焦头烂额，无计可施，但也只能闭目塞听，无视入不敷出、民不聊生的现实，让这一政策懒惰地随着王朝苟安下去。

# 明代海运史上的低成本质疑

资本市场流行一句话："只有当潮水退去，才知道谁在裸泳。"是说要等投机的泡沫过去，才能发现真正的价值投资。当我们观察历史长河时，往往也会产生同样的感慨，某些关键性的转折点，并不是没有争论，但要等历史的潮水退去，才能辨识真知与谬论。比如明代的漕运与海运之争，海运派就没有得胜过。

黄仁宇先生《明代的漕运》一书（鹭江出版社，2015年），讨论漕运在明代政治、经济关系中曾起的重要作用，包括它是否真正地促进了商品交流，并刺激工业的发展，以及它是否是一种灵活的制度。答案是否定的，黄先生的著作从大处着眼，大多数的问题，用数据进行了论证。说到与人有关的部分，他说："明代官员没有看清实质问题的眼光，思维局限于一些细小、无关紧要的问题上。他们总是从感觉出发，经常把税额提升到小数点下的8位数或10位数。"黄先生主要从经济与金融体系来分析。但这些观念，还是属于现代的，我们也不能穿越回去启蒙明朝人。或许我们不该带着"岸上人"的傲慢看问题，假设自己身处洪流，被波涛裹挟着求喘息尚且不得，可能也会觉得谁有泳裤、谁裸泳都不关我们事了。从明代海运史上几次低成本的质疑，并导致海运最终没有实行来看，众人的漠然，确实就是这么回事。

隆庆、万历年间任漕运总督的王宗沐，在隆庆五年（1571）时，与时任山东巡抚的梁梦龙，开始提倡海运。这时，离永乐十三年（1415）停止海运，已经过去一百五十余年了，他们面临着的主要问题，是技术性的，不熟悉海道，也没有熟习航海的水手。我们以为的“倭寇限制了明代海运的步伐”，在一定程度上是个伪命题，因为倭寇也会从海口入河抢夺漕粮。梁梦龙、王宗沐二人还算谨慎，在山东进行短途试运，成功后再向上递奏疏。隆庆六年（1572）十月，王宗沐上疏报告：“海运米十二万石，于某日离淮安，次天津抵湾，粒米无失。”（《明实录》）

元代实行海运，由太仓的刘家港出发，前往天津，顺风时“旬日可到”（《明通鉴》），效率较高。明朝建国后，由于太祖下令“片板不许下海”，海运一时荒废。永乐皇帝定都北京，重新开海道，但在正统十三年（1448）会通河疏浚后，又彻底废除海道，只留遮洋总一处海运泊所，也只是象征意义。这时重新提议海运，一是出于效益考虑，漕运往返要半年左右，费用也很高，据《利玛窦中国札记》中说：“每年达到一百万。”更重要的是，国家的运转、边饷全都依靠运河一条道，连某个河口淤塞，都要造成粮价波动，强依赖性，必然造成紧急时刻的高危险性。再开海运，如王宗沐所说，乃是势之所趋：“一是天下大势，二是都燕专势，三是目前急势。”（王宗沐《敬所王先生文集》）

当时规定的漕粮额度大概是每年四百万石左右，后期随着灾荒、损耗等因素，数额有所减少，但十二万石，怎么说都只是总额中很小的一部分，属于试运性质。但官员们对这项重要的试验，态度并不宽容。当年十月，南京户科给事中张焕上疏，弹劾王宗沐渎职瞒报，说是听闻海运沉没了八条船，船上人员及三千二百石米一并漂溺。并说王宗沐事先知道要出事，已经从淮库里调了三万两银子，出事之后，用这个银子买米填补了窟窿。对于这起控告，王宗沐作了详细回应，他提出一是没有动机说谎，二是不可能瞒报。三千余名水手从沿海各省招募，并且有花名册，一式三份，分别交给户部、都察院各一份。同运的巡抚、巡按、御史等官员三十余人，军官百余人。途经三省，历时几个月，这么大的事故从客观条件来说也无法隐瞒。而私用库银更是子虚乌有，因为巡抚官刚查验过库房，库房中只是少了三十两银子。没有道理查得出三十两的亏空，却没查出三万两的挪用。

这应该是一起重要的控告，既关系海运的实施，又关系一名官员的清誉。但当我们去检视结果时，发现这起控告竟是悬而不决的。奏疏下户部复核，意见是：海道还是要开。但明年运量不能按预定的加至二十四万石，仍就按十二万石试运。对于控告本身，官方没有论断，只字不提。搁置的结果，其实就是质疑派的胜利，整篇控告只有“听闻”而无须证据。而应辩方却必须从动机、过程、证据，以严丝合缝的证据链来证明自己。谈迁的《国榷》，喜欢引用历史学家或学者对某事的评判，但他在记载这件事时，却没有引用任何评判，也可能是他无处可引。因为当时的相关记载中，没有人对有无海难这个事实，作出报道。这或许可以间接印证黄仁宇先生的说法：王朝的崩溃，是从忽视水利问题开始的。

到第二年(1573)再次海运,真是说什么来什么,船到即墨时,遇风沉没七艘，牺牲军丁十五人，损失粮若干。王宗沐对事故原因的分析是,因为新造船等油漆干,错过了三、四月的柔风期,结果端午风一来，造成了事故。给事中贾三近、御史鲍希颜立刻上疏要求停止海运，加之上一年那次悬而不决的质疑，明代中后期本可尝试成功的海运，就再一次夭折。

在王宗沐、梁梦龙之前，丘濬在弘治时期就曾提出要开海运，但没有实施。当时反对声音很多，御史于湛的言论有一定代表性，先提出海运是秦、元这两个朝代的专属，是暴政的产物。又根据《元史》至元二十八年（1291）、至大二年（1309）两次海难漂没的粮米数，结合丘濬“每千石用卒二十人”的预算，得出海运每年要死五六千水手的结论，进而将海运定性为只讲效率、无视生命的残酷技术（《明书》卷六九《河漕志》）。这是将技术问题归属到伦理与政治，搅成了一团稀泥。

吴缉华先生在《明代海运及运河的研究》（“中研院”史语所出版，1961年）感叹：如果明代的海运试行下去，明末粮饷到不了辽东的局面也许可以改善。这个历史的假如是不可能了，但就算增强海上力量好了，也许近代史会改写。吴先生也认为，明代在漕运上漂没的损失，再加上还要靠人力约束黄河不南不北，使水流入运河，使得黄河频繁泛滥造成人民生命财产的损失，可能完全不低于海运。

除了生命财产的损失外，漕运体制之所以看起来“安全”，只是出于一种低效的强硬摊派。查《明实录》，官员请求对漕运军丁不要殴打并不鲜见，说明这种“拉军丁”，有时到了一种悲惨的境地，引起很多社会问题。当时军士按服役的艰苦程度，排前三的是漕运、京操和边屯。又据王宗沐的奏疏可知（《敬所王先生文集》中有关于漕运的奏疏多篇），当时漕运的各个环节，都产生了严重的问题。以淮安的船厂为例，有运送者要收受贿赂的，有木料到厂却说没收到的，有私造小船卖的，甚至有半成品说被水漂走实则拆卖的。这是想做好人也不成，你不偷会有上下家偷，简直是一部明代国企衰败的血泪史。而漕粮起运，又会因粮米成色、军士克扣等问题，双方争执不休，甚至大打出手。又因为北京米价低抑，有人会沿途高价盗卖，多出许多损耗。

漕运的低效率绑定了许多人的生活，而其非商业性的特质（国家规定不许私带货物，还规定要空船回等），又使被绑定的人成了自己国家的盗卖者。也许海运并不能改变这一切，但从高效与备急两方面来说，无疑是必须要去尝试的。可惜低成本的质疑，导致了高成本的内耗，明代中后期的海运尝试，也宣告失败。

# 钱的界限

给人送一笔钱，结果会怎么样呢？大概率是不好的。给官员送，即使不是贿赂，也难免趋炎附势之讥。给朋友送，可能顿生嫌隙，是炫耀还是同情？给师长送，也难免生出事端，你是无知还是使坏，用钱来定义师道尊严？给一面之交的人送，好比他白得一馅饼，就算他自己不喜欢，也可转赠他人，总归是皆大欢喜了吧？不见得。也许若干年后，他会以此为人生奇耻大辱，反问：我落难之时，此人仅以一馅饼啖我，谓我无此馅饼，竟饿死也？这是钱的界限结合了人的界限，衍生出无数的复杂情境。

古典的方法显示，给钱不如要钱。主动向人索取，并说明额度，此时，给与不给，以及给予多少，于双方来说，都不是最重要的了。因为行为本身，已符合率性而为的名士风格，属于古典美学的一部分了，如唐代于頔的故事就是。于頔出身洛阳望族，官至司空，家产当然颇为丰厚。于是，有一位刺史郑太穆，给他写信，说自己俸禄低微，不足以赡养众多的家族人丁，故要求如下：钱一千贯，绢一千匹，器物一千事，米一千石，奴婢各十人。理由就是："分千树一叶之影，即是浓阴；减四海数滴之泉，便为膏泽。"（《云溪友议》卷上）所求不菲，语气傲慢，在旁人看来实在是无礼。但于頔是位真正的贵族，看到信后，连惊讶之色都没表现出来，只是对手下人说：戎旅之际，无法全部满足这位先生的要求，就按要求的一半给吧。同书又记：“符载山人遣三尺童子赍数幅文书乞买山钱百万，公遂与之，仍加纸墨衣服等。”这位名叫符载的文学之士，也写信向于頔要了百万之巨。

这样的馈赠或索要，有个统一的雅称，叫“买山资”，或“买山钱”。语出《世说新语·排调》：“支道林因人就深公买印山，深公答曰：‘未闻巢由买山而隐。’”后来隐居就被称为“买山”，为了隐居这样的雅事，索点“买山资”，当然也是美谈。把索要买山资这种古典美学，实践并发扬光大的，是明代文人。这与明代官俸微薄，山人文化盛行，也有一定关系。比如屠隆（他也被列为《金瓶梅》的众多可疑作者之一），由于性格太过活泼，初到京城任礼部官职，便与宋西侯一家男女交好，亲自上台唱剧，遭告发而削职，一时生活无着。朋友邢侗答应资助他，但屠隆等了一年多却未见钱来，于是他修书一封，派族中的一位晚辈秀才前往山东临邑邢侗家中催要，这封信也是一篇妙文：“仁兄努力施一恶人，不如施一路人；施一路人，不如施一善人，功当相万。弟既受仁兄恩，亦不得茫无所报，负此幽冥业债，为转轮根因。力劝兄蚤回头向大道，所以报也。”（屠隆《白榆集》卷十四《再与子愿》）若说上文的“分千树一叶之影，即是浓阴”，是用六朝骈俪之文为表现，持魏晋“我以天地为栋宇”为底气，那么这篇“施一恶人不如施一善人”的自许，则是借禅宗之机锋，极戏谑之能事。

邢侗资助的不只屠隆一个，同时也馈赠王百谷等这些友人，而屠隆也同时向当官的朋友顾益谦、胡从治等人索买山资，这是一张互有往来的人情网。他也会大方地将朋友的善行通过书信广为告知（《白榆集》卷十四），但我不免揣测，他是借着“发朋友圈”扩散“买山”项目，让投资方与项目方都受益。

既然是“买山而隐”这等雅事，还须得雅人相助，这对馈赠者的要求比较高。于頔这样的世家望族当然是好，一般也得是家境殷实、且官位相当或高于自己的友朋。公务往来的馈赠，任职辖下的商、民所赠，拒绝才是正确的操作，这也是古典文化中人与钱的界限。比如，松江知府何继之在将离任之际，有富民避开众人，道路中赶上他的马车，赠以金钱，何坚拒不纳(《云间志略》卷二）。屠隆失去工作后，无锡的富家公子曾要赠以良田养老，也是屡谢却之（屠隆《白榆集》卷十四）。

地位不相当的馈赠，学生赠老师是正常的，明清之际常有。李日华日记“万历三十八年三月”：“二十八日，门生乔鸣墀守安庆一年矣，始来，以贰拾金助余买山。”（李日华《味水轩日记》卷二）又，邵宝诗《喜得精舍地有作用杜》：“莲社在邻吾不入，门人今助买山钱。”（卢文弨《常郡八邑艺文志》卷十二）这也是师徒父子之亲的年代，所以赠、受并无禁忌。大概来说，钱不问多少，得问亲疏与声望。地位相当的人所赠（至少被赠者认为相当），才为美事。与今日同理，给不爱你的人送花，会被扔垃圾桶。

# 窃书者

据《明太宗实录》，永乐九年（1411）三月十九日，刑部的官员向永乐皇帝面奏了这么一起案件：有一名窃书者（注意，不是士子），偷了一套《劝善书》，被判成边并刺字。永乐皇帝问，字刺了没有？回说已经刺了。皇帝说，我经常告诫你们，要刺字的犯人，刑部官要亲自复审，毕竟是毁人一生的事。偷盗虽然不对，但偷的是《劝善书》，说明还是一心向善，就免了他的罪，再洗去他的刺字吧。

这条信息，后来的《国榷》《明通鉴》等简洁作风的编年体史书，也都采用了。但承袭的报道重点，显然是皇帝的仁心仁德，所以窃书者何地、何人，所偷何家，都没有交待。孔乙己偷丁举人家的书，被吊着打，我每次看都觉得辛酸到要掉泪。但转念想，对于在人世间甚少快活的人来说，竟然连书也没得看，惨得跟在坟墓中也没差别了，还不如被打一顿。但永乐朝的这位窃书者，未免也太惨了点。按《大明律》，刺字有规范，刺在右小臂上，“每字各方一寸五分，每画各阔一分五厘，上不过肘，下不过腕”。根据所犯的事，刺“偷官物”“偷官粮”“偷制书”“抢夺”等字样。规定刺右小臂，可能右撇子是主流，撸起袖子干活时方便被群众识破案底，不存在调档案等复杂程序。这样看来，刺字确如永乐皇帝所说，真的是要毁人一辈子的。

冒这样的风险窃得的书，是何等样子的呢？

《劝善书》是永乐仁孝徐皇后所编的劝世类书籍，共二十卷，永乐内府刻本，我们现在通过图书馆的线上古籍也都能看到。《劝善书》每卷前有“嘉言”，相当于引言或语录体导读，按“儒、释、道”分列。嘉言之后，是分则的短故事，有佛、道的善恶报应、因果循环，儒家的仁、义、礼、智、信等。仁孝皇后相当于方志编撰体例中的主修者，实际从事工作的另有其人，大多为东南一带文人，可考的有常熟、华亭、衢州等地。与《永乐大典》的编撰者多有重合，如林复真和夏宗文，前者是道士，从四十三代天师张宇初时期起，就协同修撰《道藏》，精通道教典籍。后者则博通杂收、精通书法。但他们没有跟方志的撰者一样有署名权。《劝善书》一开始是颁给太子及诸亲王的，永乐五年（1407）仁孝皇后去世后，永乐皇帝才将此书大量印刷，颁给臣子及各地的府、县学。

也正因为是皇后御制、皇帝颁发的书籍，这位窃书者才会被判了重罪。按《大明律》，偷盗类的刑罚中，盗皇家祭祀用品，盗圣旨、各衙门印信等算重罪，要判斩刑，其他一般也就是杖刑、徒刑。刺字算是一项加重惩罚的手段，适用于所盗财物较多、监守自盗等情节严重的。当时的初审官员，显然是将其按“盗制书”罪处理了。这条盗罪适用于：“盗圣旨，盗圣驾起马、起船符者判斩刑，盗官家文书者杖一百，刺字。”御制书籍，算不得圣旨，但好像又比官方文件重要，所以就取个中间值，判刺字再戍边。

从字面及制作意图看，《劝善书》相当于“精神文明指导”

一类的书。但如果觉得这样的书肯定很无趣，这位民众真的是出于向善之心行窃，显然是有所误判。我们要相信群众的趣味判断，古往今来，有趣总是比正确更能诱惑人。

《劝善书》的文献来源庞杂，粗略统计了一下，有据可考的，大多出于《新唐书》以下至《元史》等正史，以及《法苑珠林》《太平广记》等子部书。如果材料仅来源于这些常见书，虽说把故事搜集在一起也不容易，但未必见得多稀奇。这部书真正有趣的地方，是许多可考、不可考的集部或子部材料。比如第二卷里，写了一个明代当代的鬼故事，发生在翰林院检讨、国子监祭酒胡俨之兄胡发女儿的未婚夫身上。

这个未婚夫名叫夏福，不爱学习，就将本府儒学放火烧了，破案后被押至南京凌迟处死。他母亲将其尸体焚化后带回，并向道士请了护符，以免过江河遇到危险。接下来，我们可能会期待更惊悚的鬼故事，但没有。却说夏福的鬼魂安全回乡后，在城隍指派下，到家乡的一座庙里做了小官，主管溺水者。他天天抽空回家吃饭，喜欢劝客人喝酒，大家也都能看见他。一次有位邻居妇人把酒偷偷倒地上了，被夏福一通骂。后来被上级察觉，加强了岗位制，他也就不能常回家了。然后，故事就结束了。没有果报，没有怨念，没有说教。鬼也活泼俏皮，看起来就像政治不正确的轻喜剧，还会让人忘了前半段犯罪与判刑的惊悚。

但这个轻喜剧还是有主旨的，只不过被巧妙地隐藏起来了。一笔带过的道士护身符，就是故事的节眼。夏福能安全回乡，没有地狱果报，还有小小差事，能享受家庭欢乐，全赖有此，显然是某位道教人士执笔的本故事。故事的结尾，还有一个小小“彩蛋”，有人问夏福：“你曾去过胡家吗？”夏福说：“胡宅里有很多善神，我不敢进去的。”借鬼魂之口，表扬了胡氏家族的威望与亲善。

胡俨任国子监祭酒，预修《永乐大典》，不知他是否也参与修撰《劝善书》。《劝善书》成书于永乐三年（1405）初，故事发生在洪武二十七年（1394），与修书时间相距不过十年，当时出版业不发达，时间距离如此近的一个故事，要从流传的书籍中得到，似乎不大可能。胡俨的个人著作里没有这种佚事的记载，可以理解为士不语怪力乱神的约束。但这个故事写他侄女的未婚夫，与他的关系很密切，极有可能，这是一个由他口述而来的故事。

这个可能是口述材料而来的故事，让我难免猜想，这书中好多未能查到出处的材料，是否也都有如此“田野”的来源。这些“田野”材料，往往比从书籍里来的那些更有意思，可能没有经过精细的意识形态加工，更具故事性的原汁原味。随手再拈一则来看，写的是兰溪地面的地方官家属，互相攀比穿戴，最后发生一系列生死攸关故事的悲喜剧，比《包法利夫人》还精彩些。这则故事被《万历金华府志》引用，后来的重修方志也一直沿用。

明代的出版业，到成化以后才开始兴盛，至嘉靖、隆庆、万历时期，才达到私家刻书、坊刻书遍地的地步。永乐时期好多著名文人的集子，在当时都没有刊刻，大多在嘉靖之后才付刊。从方志材料来看，《劝善书》是各府、县学的基本藏书。《实录》说永乐五年（1407）曾颁给臣下一次，根据多地方志的记载，永乐十三年（1415）、永乐十五年（1417）曾有两次颁书，地域范围更广些，书目包括：《大诰》《大明律》《五伦书》《为善阴骘》《孝顺事实》《劝善书》等。

翻看康熙、乾隆年间所修的方志，好多县学的藏书，只有永乐年间颁下的这些书，甚至连一部史书也没有。稍好一些的县，有官员自行添置的，但一般也就几部史书，再加一两部理学家的文集。但是上海嘉定的县学藏书，仿佛就是沙漠里的一朵奇葩。据《万历嘉定县志》，这个县学的藏书，除了永乐朝颁的这些书外，正史也全部齐备。万历十九年（1591），乡贤、礼部尚书徐学谟添置了以下书籍：《何大复集》《历代名画记》《丹铅余录》《丹铅总录》《老子解》《世庙识余录》等，显然他爱好文艺以及道家，并且把当代史也收罗进来。

万历三十一年（1603），知县韩浚增入《宪章集》《惕若斋集》《问辨牍》《续问辨牍》等。不用说，这是位理学中人，很可能是管志道的门徒。同一年，教谕王善继增入《尔雅注疏》《道德经》《冲虚真经》《扬子法言》等，这位教谕不但与知县学术旨趣迥异，而且还有分庭抗礼，争夺文化话语权的意识。相比那些只有几本藏书的北方县学而言，当时的嘉定，算得上是学术与文化多元化的标杆了。那位窃书者，要是生活在万历年间的嘉定，也断不会冒险去偷《劝善书》了。

叶盛（1420—1470）在《书草堂诗余后》里写，在他小时候，他叔父与客人在家一起读《劝善书》（类似今天的读书会吧），他也站旁边听了一些。后来有一次，讲到某事不知在哪一卷，他就提供记忆说是在哪一卷哪一板。翻出来一看，果然对，一时被称叹有加（《菉竹堂稿》）。可见《劝善书》内容的丰富，用来开个读书会，展开思想史、社会生活史、民俗学之类的探讨，还是绰绰有余的。由于其中的释、道内容，民间口耳相传间，可能是当故事书看的，而这种阅读体验，与此书的官方神圣象征之间，并不统一，所以才有了窃书与重判的事吧。

## 我们对白乐天的爱

唐朝的故事其实不需要批评，展现出来就是美。所以陈凯歌导演的《妖猫传》一出来，我就把一年也没几次的观影活动，毫不犹豫地贡献了出来。进了影院才知道，主角是诗人白乐天先生。这就对了，说起大唐，他才是当之无愧的主角。电影里杨玉环是人见人爱的"大唐之魂"，杨玉环又表扬李白，说："大唐有你才是真的了不起。"英俊小生白乐天，则对这两位都倾慕不已。这无限循环的爱递降下来后，白乐天先生就成了真正的大唐代表，"鸡林重金、歌女增价"的故事主角，竟然不是李白而是他，可见他人见人爱、花见花开的程度。甚至现在到西湖去，白堤就是要比苏堤奔放、艳丽一点，让人感叹爱的偏心，还具有延续性。

宋代有很多白乐天的迷弟（迷妹肯定不少，奈何有天然的记载短板），比如苏轼。"苏东坡"这个号，就为仰慕白乐天而来，洪迈在《容斋随笔·东坡慕乐天》里作了大量考证。白乐天有《东坡种花二诗》："持钱买花树，城东坡上栽。"有《别东坡茶树》："何处殷勤重回首，东坡桃李种新成。"又有《步东坡》诗："朝上东坡步，夕上东坡步。东坡何所爱，爱此新成树。"从偶像的口里，声声道出来自己的名字，想想都激动。记了白乐天不知多少条花边的洪迈，毫无疑问也在迷弟之列。

明代对白乐天的爱稍显扭曲，其实这是从宋代就开始的一个现象，虽然理由各有不同，但都是艺术评论中的不满。宋人集中在对他《长恨歌》的讨论。张邦基《墨庄漫录》："白乐天作《长恨歌》，元微之作《连昌宫词》，皆纪明皇时事也，予以谓微之之作过乐天。白之歌止于荒淫之语，终篇无所规正。"张戒《岁寒堂诗话》甚至结论："《长恨歌》在乐天诗中为最下。"殊不知，白乐天一直视《长恨歌》为压卷之杰构，是当时人极赏、流播最广作品（陈寅恪语），却被宋代人从头到脚批得一无是处。这与当时的理学思潮有关。

明代复古派兴起，"文必秦汉，诗必盛唐"，一个"盛唐"标准，就把白乐天划在"最爱"榜之外，白先生地下得知，恐怕也只能同电影中一样，感叹"没有生在李白那个年代"。复古派"后七子"王世贞、李攀龙主盟文坛时，阳明心学已是主流思潮，对白乐天的批评，自然与宋儒不同，但批评标的还是《长恨歌》。诗中"没有讽谏"的政治不正确，虽然有人提，但不是主流。主流批评针对的是他"平易"的写作特点，这在复古派看来，有点下里巴人似的"不入格"。所以王世贞的评语是："《连昌宫辞》似胜《长恨》，非谓议论也，《连昌》有风骨耳。"（《弇州四部稿》）胡应麟作为盟友，品评也差不多："《长恨歌》妙极才人之致，格少下耳。"（《少室山房集》）

还有一派是索隐派，以杨慎为代表，指出《长恨歌》中与史实不符的地方，说："《长恨歌》工矣，而用事犹误。"（《升庵集》）索隐派的方法为陈寅恪先生继承并发扬，解读《长恨歌》中的史实与人文关系，是其名著《元白诗笺证稿》中的开卷第一篇。但要说他们不爱白乐天，那是假的。王世贞最爱的诗人，唐代是白乐天，宋代是苏东坡。什么是爱？念念不忘，最是长情。人们对《长恨歌》的批评，可作如是观。

唐人张为在《诗人主客图》里说白乐天是“广大教化主”，指的是他的诗歌成就。但白乐天的魅力显然是超出诗歌界的，据说他离世，唐宣宗为其作悼诗：“缀玉联珠六十年，谁教冥路作诗仙。浮云不系名居易，造化无为字乐天。童子解吟《长恨》曲，胡儿能唱《琵琶》篇。文章已满行人耳，一度思卿一怆然。”（《唐摭言》）又由于他习禅理，也曾在诗中记“乐天院”的故事，所以就连佛、道两界，也争着拉他做形象代言人，有僧人效乐天诗体作偈，道教则封他做“蓬莱长仙主”（白玉蟾《海琼白真人语录》）。

还有一种说法，说白乐天其实跟霉霉（流行乐创作歌手泰勒·斯威夫特）一样，爱写“鄙视诗”。不过一是鄙视“前男友”，一是鄙视“前政敌”。宪宗皇帝想让白乐天当刺史，王涯却说他资历太浅，只好做江州司马，与歌女一同成了“天涯沦落人”。但不要紧，政敌也有落败的时候，王涯落职了，白乐天就有诗：“当君白首同归日，是我青山独往时。”（《九年十一月二十一日感事而作》）。又有说法说李德裕看不惯白乐天，但李德裕也败了，被贬崖州，白诗人当然不能放过，连作三首诗表达快意，其一篇云：“乐天尝任苏州日，要勒须教用礼仪。从此结成千万恨，今朝果中白家诗。”（语出《韵语阳秋》）有人考证李德裕被贬在白居易卒后，所以觉得传闻不可信，并连带怀疑其他的“鄙视诗”。考证的局限，是忽视了一种心理：人们愿意让这位才子来代表，写一些畅快的“鄙视诗”。况且像这样的诗句：“今日怜君岭南去，当时笑我洛中来。”（《闲卧有所思二首》）或许只是调侃朋友的，但联想起爱恨情仇来，也未免不可。又或许，被超级偶像写进诗歌里传唱，连“前男友”“前政敌”，都要被围观艳羡呢。

李泽厚先生在《美的历程》里说到白居易由讽谕诗之后，做起了闲适诗，那是庆幸“不必像阮籍、嵇康那样不由自主地必需卷入政治旋涡”（《美的历程》，生活·读书·新知三联书店，2009 年）。笔者暗中揣测，士人最向往的，不是他能写闲适诗，而是他能跳“霓裳羽衣”舞。宋、元、明、清而降，家里有点余粮、愿意偷懒的，还是可以躺在后堂的睡榻上、花园的亭子里装睡的。睡醒了，展纸研墨写一首闲适诗，和陶、和元白都没关系，风轻云淡，其实心里愁得要死。范仲淹《木兰堂》诗写：“堂上列歌钟，多惭不如古。却羡木兰花，曾见霓裳舞。”这是羡慕木兰花，还曾见盛唐光景。

到宋代，霓裳羽衣曲还有流传，但舞已失传（欧阳修《六一诗话》）。白乐天会霓裳羽衣舞，他在苏州任刺史时，曾亲自教会歌女这支“神舞”。依据应是来自他的《霓裳羽衣歌和微之》诗：“若求国色始翻传，但恐人间废此舞。妍媸优劣宁相远，大都只在人抬举。李娟张态君莫嫌，亦拟随宜且教取。”笔记也递相记载。宋范成大的《吴郡志》，明王鏊的《姑苏志》，宋、明人的诗注，都对白乐天曾任舞蹈教习这事念念不忘。可见士大夫能舞蹈已经成了稀有之事，既不受道德上的约束，又有那心情，确实不易。盛唐之所以可艳羡，就是有那么一段可以跳舞的时光。明代王世贞《答王贡士文禄》："每辱足下一赐书，辄浮白叫舞至醉。"场合在私人宅邸，可能只是手舞足蹈，并不成艺术欣赏之舞。到了清代，甚至都不能跟明代文人一样打秋风了（容易出事），大学问家们也要辗转教馆间，谋生尚且不及，哪有心情舞蹈？所以，流行乐作家、"鄙视诗"发明者、舞蹈教习白乐天，没有理由不被爱。

# 游食在明代京城

假如要在明代做一个自由民（游食），该去哪里呢？毫无疑问，你应该去北京。今天的“北上广深”，在明代由北京城一城担当。所以帝都表示压力很大，为这些流动人口的到来，几分欢喜几分忧。欢喜的是，看看明代小说、戏曲之类就知道，在京城生活，服务业很发达，卖什么的都有，卖饮食当然是基本了，还有卖水、卖冰、卖花等等，各种外卖 APP 在手，便利得很。

忧的部分，就是京城的粮食是由漕运定额的，南粮北运，投入的是整个国家的财力，它的首要任务，是维持政府的运转，并提供边防的粮饷。我们看毕自严写于崇祯年间的《度支奏议》，发现明代京城的粮价，至少五六十年来没有大的波动。这就是京城的福利，而这种福利，是维护政府机构运转之余，顺带惠泽居民的，游食们的加入，未免要打破平衡。好年成倒也罢了，万一运河某处淤积，乃至地方灾荒，粮价必受影响，而京城平抑的粮价，显然是需要政府补贴的。这笔账其实也好算，就是粮食丰足时，有你们也挺好、挺方便的。但某年歉收，资源不够，就确实感到肉疼加头疼。肉疼是无端的外来人口享受了政府优惠，头疼是荒年难免多事，市面上米价波动，流动人口又往往多是贫困人口，管理容易混乱。

士、农、工、商的四民划分，使得身份、职业与户籍绑定在一起，郡县就成了一个大的国营单位，变动小，管理就不那么费事，方便会计统计要上缴的赋税，要派活时，也可以找到人。这就好比“体制内”，再苦再难，活下去，就有你的身份。但不在体制内混的人也很多，大多是因为混不下去了。比如明代的苏州、松江二府，赋税太重，活不下去，有人就炒了单位鱿鱼，离开家乡，逃掉赋税，自谋出路去了。各地这样的破产农民也很多，进城谋生，成为手艺人、服务业从业者，或依托僧、道谋食。这类人，被称为“游食者”“游食人”。

“游食”这个标签，意味着他从此游走于社会边缘，是要被人看不起的，且面临着时时被驱赶的命运。《西游记》里，乌鸡国太子就当面说唐三藏：“和尚是那游手游食削发逆君之徒。”明代小戏《和尚下山》里，小和尚委屈地说：我明明在山上开荒自食其力，可人们还是说我们和尚游手游食。也经常有官员建言，要“清僧道以杜游食”，主要是经济体量太小，怕不生产的人口太多。明太祖定律：“申明天下，四民各守其业，不许游食。”（《皇明通纪》）并规定对游食者要重罚，使之归农。

儒家官员中，对贫弱者有同情之心的占大多数。一则他们大多出身寒素，靠科举晋身仕途，对底层生活有切身的感受与同情。二是他们从小受孔孟之教，既有“达则兼济天下”的理念，又有“恻隐之心”的认同，所以对于游食，他们一般不会粗暴驱逐。比如万历时的首辅申时行，就是这种温和派作风，他写信给福建巡抚指导工作：“游食之徒持斋聚会，此当解散禁戢，如概谓之妖言叛逆，则冤矣。”（《赐闲堂集·答沈练城巡抚》）就算是聚在一起的流民，他也不建议用过于峻急的手段，不要聚众生乱就好。

游食们为什么喜欢去北京？且看嘉靖三十一年（1552）九月某天，嘉靖帝与严嵩有这么一段对话：

嘉靖：来了那么多人，没有吃的怎么办？严嵩：饥民来了不少，京城米价天天涨，只有将太仓粮拨出十万石，平价粜卖了，皇上您看怎么样？嘉靖：我也这么想。但有些人恐怕走不到京城，就饿死在路上了，有什么应对措施吗？严嵩：已经吩咐下去了，由五城御史带领各司官役，沿途查看，有饿死的，就好生掩埋。那些身无分文，平价粮也买不起的，也不能看着饿死，就由十万石中，分出二万石来救济。再着锦衣卫严加把关，不让平价粮落到奸商手里，保证市面米价平稳。嘉靖：甚好，我也是这么想的（据《皇明从信录》）。

这对话显然与二人“不理朝政”“奸臣”的形象对不上号，是的，他们其实一个精明，一个能干，历史与人物，总有多面性。饥民当然不等于“游食”，但我想说的是，只要国家还没破产，京城就还是安全之地，那里有储粮，即使因天灾而导致米价飞升，还有政府出来平衡调节，比如严嵩主张的平价粮，都是可行的权宜之计。所以，饥民与游食，都爱往京城走，用脚投票，总有它的合理性。

《警世通言·玉堂春落难逢夫》里写：“那王爷两手擦了泪眼说，那无耻畜生不知死的往那里去了，北京城街上最多游食光棍，偶与畜生面庞厮像，假充畜生来家哄骗我财物。”那么多游食者，除了从事正当职业之外，难免有鸡鸣狗盗、偷奸耍滑者，带来社会隐患，造成管理困难。所以驱逐“游食”的运动，往往出于治安考虑，经济问题只是因素之一。

正德三年（1508），刘瑾发动了一次驱逐“游食”运动，闹得沸反盈天，差点激起民变。当时已有东、西厂，由锦衣卫谷大用管理，刘瑾为了分权，又另设内厂，监视城中官员外，还管上了流动人口：“市井游食无业之人，如酒保、磨工、鬻水者，皆逐之四出。千余人集于城外东郊，持白梃劫人，声言自分必死，欲甘心刺瑾。瑾惧，乃复之。”（《弇山堂别集·中官考》）

我查来找去，各种文献中也没说刘瑾为什么要这么干。酒保、磨工、卖水的，虽说是“游食”，但一不啸聚，二不偷抢，还能自谋生路，在城市的服务业、小作坊中从事底层工作。正德三年也没有出现大的饥荒，京城内并无大量饥民涌入。而且，他又不是顺天知府，没有平抑粮价、控制人口等方面的管理压力。没有现成的答案，只能从记载这条文献的上下文找。

史料、笔记都说刘瑾这是“矫旨”办事，同时办的还有这几件事：下令寡妇都要嫁人，有死亡而未下葬的人家，要立刻火化焚弃。推测一下缘由，让寡妇嫁人，或许是认为，既让男人多了配偶，又能提高生育率，增加社会生产力，有益社会。死人立刻焚化的条例，或许是为了移风易俗，因为当时有一种风气，因费用太过，或风水拣择等原因，好多人家不办葬礼，厝棺寺、庵等处，竟有几十年未下葬者，说起来，也是一种陋习。又或许跟寡妇那条理由一样，没用的要处理，有用的要利用。

几件事联起来看，刘瑾应该是整齐划一事物的癖好者，“有用论”的先驱。可惜，离开国营厂的游食们本来就不听话，寡妇们也比某校训更早实践“自由而无用的灵魂”了，刘瑾的京城整治运动以失败告终，还被王世贞们记了一笔。

## 游走的神祇

明代的高官爱写请假条，专业术语叫“请告疏”，甚至有连上十封、数十封请告疏的，中心思想就是表达：“我不开心，我不干了，皇上您得管管。”因为要接受从成本、功效、道德伦理等多方面的评价，这不好那不许的，执政与监察之间，往往弄得水火不容。但皇帝也只好两边安抚，要是得罪言路，连皇帝的日子也不好过。这是一个严格考评的社会，要是受到差评，不仅要黜陟，恐怕连颜面也没有了。不过，连钦定的神祇也逃不过被考评的命运，还是令人惊讶。

弘治八年（1495），内阁大学士李东阳、礼部尚书倪岳等，主持了一场神仙等级评定活动。标准有三：一是年资，即何时立为神祇；二是对国家有何功德；三是对人民群众有何功德。参加等级评定的有释迦牟尼佛、梓潼帝君、东岳神、京都城隍之神等等，当然，他们都是陪衬，重点考察对象是洪恩灵济宫的“二徐真君”（明陈九德辑《皇明名臣经济录》）。

二徐真君是五代时徐温的两个儿子：徐知证、徐知谔，在徐温的义子徐知诰（李昪，南唐烈祖）建立政权后，他们被封为江王、饶王，领兵入福建。因为纪律严明，秋毫不犯，在战乱的年月，足以使百姓感恩戴德，所以闽人为他们立了生祠祭拜，称为“二徐真君”。作为地方性的神祇，虽然得到官方许可，但影响力是有限的。永乐十五年（1417）时，成祖皇帝生了场大病，寻医问药都没有起色，有人说福建的二徐真君灵验，有求必应，于是派人去祭拜，病果然就好了。因此功德，成祖下令在京城西面立洪恩灵济宫，迁福建庙中的神主安放其中，并升格为“金阙真君”与“玉阙真君”，祭祀规格也上升至国家层面。

经过正统初年（1436）、成化二十二年（1466）的两次升迁，在倪岳等人考察时，“金阙真君”已经成为“九天金阙总督魁神洪恩灵济兹惠高明上帝”，“玉阙真君”同等升迁。祭祀从春秋二祭，扩展到正旦、冬至、诞辰、皇帝万圣节（生日）等大祭，以及每月朔、望的常祭。并由内阁大员一名、礼部官员一名及内官一名，陪同本宫住持一道祭祀。这样的祭祀频率，已远超现代公司的月会。这就有点勉强了，公司会议天天开，而灵魂人物不能提供新的精神引导，员工却要继续无条件崇拜，根本难以为继。庙享的种种，也成了骚扰地方的负担，四时要荐新，即福建地方的时鲜果品，要送到京城。而京城方面，要将神祇所穿的华美衣冠，五年一换，并同等规格送至福建。

请求评定的奏疏由倪岳起草。我认为这封奏疏具有的理性光辉，足以回应清人对我大明朝学者“空疏”的批评。奏疏首先指出二徐真君是福建地域方面神灵，虽然保护过成祖皇帝的安康，但是从护佑之功来说，局限在一定的历史时期及一定范围的人群，用“六经皆史”的体裁总结就是：“诸神皆人”。那么接下来的论证就好办了，既然神性是人的德性的昭彰，那么我们的纪念还是要在“人事”的范围内，去掉过分的“上帝”之类的封号，减少祭祀次数，罢去多余的祭祀仪式，以及种种浪费，比如往来福建、京城之间的荐新与更换服饰等。奏疏中还有一个巧妙的“退一步”，说，假如神真有灵，他应该会来去自由，不用我们这么辛苦，奔波在北京与福建之间为他祭祀吧。原话是：“神如有灵，固当往来于闽。”（倪岳《青溪漫稿》）我简直要视倪大学士为玩冷幽默的段子手。

后来的大臣总是一个劲地怀念明孝宗，怀念“弘治中兴”，不是没有道理的。照理说，他在万贵妃受宠幸时期长大，处境艰险，对于护佑身体健康的“金阙上帝”，应该要比对他父亲更尊崇才是，但他与理性的大臣一样理性，采取了建议，去掉“上帝”之号，袍服改为六年一换，其余祭祀也回归永乐立庙时的规制（明黄光昇撰《昭代典则》）。到嘉靖时，又有大臣对灵济宫祭祀提出异议，于是不再由礼部官员，而是改派太常寺致祭。万历四年（1576），才停止来往福建更换袍服致祭这一项。历时八十年，“神如有灵，固当往来于闽”的设想终于实现。

# 住在明代京城

明人编的笑话集《解愠编》中有一则“因梦致争”，一个穷书生做梦捡到三百两银子，醒来后对妻子说：我要是真的有三百两，就用一百两买房子，再用一百两买两个小妾……话没说完就惹得妻子大吵一通。明代人要是中彩票，首先想到的也是买房。《古今说海》里有一则“过不得”，列举生活中的种种不堪：“赁屋欠房钱，谒上官被虱嘬，暑月酣睡被蝇扰，狭巷骑马逢车子，夫妻反目，上司不喜，临渡无船……”欠房租被列为各种尴尬事中的第一位。可见在明代买房、租房都不那么容易。住在衣冠辐辏的京城，当然更是不易了。

虽然居大不易，但量力而行，也能住得下去。首先，群租是合法的，并有政府管理：“一保甲内多有佃房，一门出入，内住多家，或一人赁房，数人同住，及至填牌止用一人出名……今后保正、副甲长各查佃房内丁口生理，另立一牌，总甲带同到城，验发为首一名悬挂，本城另造佃房一册。”（《南京都察院志》）官员们倒也实事求是，没有用一句“群租是非法的”，就将租户一赶了结，或出了事儿不管。加强管理的方法是登记造册，选出宿舍长，同时与房东、居委会主任约定责任，既防止平日事故，万一有事，也有人可以问责。

下层的军士与官吏，一般有员工宿舍。据《南京都察院志》，军队里本有营房安住士兵，但因居民争占，弄得混乱，新来的士兵没地儿住。于是嘉靖二十六年（1547）后，规定新军五年一分房，用货币解决，自行购房。

万历三十四年（1606），礼部给各下属单位买房，作为职工宿舍：堂官住宅两所，花费八百两，一座三进四十七间，在龙骧胡同；一座三进三十三间，在双塔寺胡同。仪司住宅一所，花费三百九十两，三进三十间，在李阁老胡同。祠司住宅一所，花费二百八十两，四进二十间，在长安街南。膳司住宅一所，花费三百两，四进二十八间，在长安街南。司厅住宅一所，花费三百五十两，四进二十一间，在龙骧胡同北（俞汝楫编《礼部志稿》，卷一百）。“李阁老胡同”因李东阳赐宅所在得名，在府右街南（现名力学胡同），另几条胡同，也都在左近，同属“单牌楼东北”一带（张爵《京师五城坊巷胡同集》）。几所宅子地理位置绝佳，离宫城近，上班方便。

礼部买的房子，按单间算的话，大约十两多银子一间。明代官俸本就薄，一位礼部郎中（正五品）年俸一百九十二石，员外郎（正六品）一百二十石，主事（正七品）八十七石，宣德后折色发给，“折银每二十石不能一两”（王世贞《弇州史料》后集卷三十七“官俸”）。按这个标准算下来，郎中年薪大约十两，员外郎六两，主事五两。中层官员一年的年薪，大概能有一间单身宿舍。从成化到万历，京城房价有一个上涨过程，成化年间，一位官员被积水浸过的房子，好几年卖不出去，最后只得四两银子（陈师《禅寄笔谈》卷三）。至万历时，清廉的官员一般都买不起房了。“东林六君子”之一魏大中（1575—1625），万历末任官，直到死前，还是租房住（瞿式耜《瞿忠宣公集》卷一）。

房租也不便宜，年租金相当于房价的百分之十，往往租不如买。嘉靖时河南参议欧阳必进，见河南运官到京城租屋，年租金要八十两，便在京城买了一座房子，供运官们每年进京出差时居住，实惠又方便（过庭训《本朝分省人物考》）。这或许是较早的驻京办雏形。万历年间，礼部尚书冯琦上疏要端士习、正人心，说："士人之风尚日奢……幸而云霄得路，遂谓富贵逼人，车马甚都，服食俱侈……一月赁房价有至四五两者，一日张宴费有至二三两者。"（冯琦《宗伯集》卷五十四）就是有些新进士，富家公子哥儿，在同僚们还住筒子楼单身宿舍的年代，他已经包月五星级酒店豪华套房了，一年的费用够买五、六间单身宿舍的。

虽然租不如买，但从总价来说，买一座房子并不是人人能负担的，万历十七年（1589）的状元焦竑，在做官五年后，被卷进向富商徐性善借钱买房的丑闻中。后来证明他并没有借钱，也没有买房，直到徐性善被抄没三年后，焦竑在北京的房子也还是租的（《焦氏澹园集》卷三《谨述科场始末乞赐查勘以明心迹疏》）。所以京城房市的最大宗还是租赁，既有生存所需的群租房，也有高消费的豪华房。

房价、房租的上涨，有消费升级的自然波动，也有财富集中后的垄断，前面那位被抄没的徐性善，据说他的房子，就遍布京城。所以有人怀疑，京城高企的房租、房价，也为官员的贪腐推波助澜："近时士夫一登仕途，华居美衣服，乘坚策肥，即都下赁房，一岁而费数十金，或以数百金置。如陈、李光景，安可复观哉？嗟乎！欲仕者之廉不可得也。”（陈师《禅寄笔谈》卷三）

作为读书人，在古代社会却有个意外收获，寺院作为他们的“青年旅舍”，界面友好，用户体验极佳，完全可以作为高房租的“软着陆”备用。罗洪先每天带一小袋米到寺院讲学，托寺僧代为蒸饭（李绍文《皇明世说新语》卷三），一讲儒学，一念佛经，相安无事。听候处分的官员，俸禄被停，生活无着，可以在城西的寺院小住半年（董应举《崇相集》卷十一《与于太常书》）。躲避官场炎热，也可以先在城西寺中暂遁半月，还能天天收好友的城中来信：“坐萧寺，每手大集读一过，如映对秋月下，嗔痴尽豁。”（黄汝亨《寓林集》卷二十五“与袁中郎”）

文人爱游古寺是个传统，禅房幽深，可以与高僧禅锋机语，品茗对弈；偶尔还可以看看前代壁画，名人手迹，逍遥半天一日，都是常有的事。但把寺院当自己家，还是明代人爱干的事，可能也是房价逼的。寺院因为要防侵吞无度的“乡绅”恶邻，也因为募缘疏之类，往往要借助文士的斡旋与手笔。不管是功名未中，还是为官不达，对于寺院来说，利害交关不大，他们投的就是绩优、潜力。读书人与寺院，倒也算在资本面前，抱团了一回，为彼此留了点栖身之所。

# 恶人自有恶人磨

《金瓶梅》里潘金莲最是粗俗恶毒，但西门庆就吃她那一套，被她一番抢白后还能喜笑颜开，月娘说他们是："你两个铜盆撞了铁刷帚，常言恶人自有恶人磨，见了恶人没奈何。"（《金瓶梅》第四十三回）另一个恶人陈经济，被月娘告后从牢里出来，生活无着，想起去寻半船货下落。反被吞货的前合伙人弟弟，一个泼皮杨二风追着打骂，逃回家中，连大气都不敢出。书中写："正是嫩草怕霜霜怕日，恶人自有恶人磨。"（《金瓶梅》第九十三回）

沈德符《万历野获编》记王世贞曾引用这条俗谚：

> 陆（起龙）有膂力，倔强使气，常与同里吴侍御慎庵之彦有违言，铸一铁简置怀袖，上刻："此简专打吴之彦。"吴畏之，匿迹乡居不敢出。吴为王弇州从甥，偶问曰："少白乃欲死我，甥有何罪？"王笑曰："子诚无罪，但谚所云'恶人自有恶人磨'，则二君是也。"吴干笑无以答。（卷八"顾文康陆少白"条）

清人杜文澜编《古谣谚》，转引此条，作文人隽语观。但这两位都是读书人，为何会被王世贞嘲"恶人自有恶人磨"呢？

陆起龙，万历十一年（1583）朱国祚榜进士，黄州通判；吴之彦，隆庆五年（1571）张元忭榜进士，官至御史。进士出身，作为读书人的本分来说，已经做到顶级了，可说为人楷模。但人品这事，向来与学历是不挂钩的，就算考孔圣人语录的时代也一样。陆起龙在僧舍读书时，夜里饿了，就偷邻家的狗来吃，劈了佛像当柴烧，真是连无赖恶少也不如。吴之彦呢，则完全是一个骑墙派。

《明史·赵用贤传》整篇看下来，重头戏都是吴之彦这个反派的。赵用贤与他同年进士，两人结成儿女亲家。然后就是万历朝的第一次政治斗争：张居正夺情。赵用贤是反对张居正的重要人物，吴之彦一看风头不对，就不提迎娶赵用贤女儿的事了，对于催婚，只说庶子配不上嫡生女。女家等不了了，最后只能主动退婚。转眼到了万历二十一年（1593），万历朝党争最大的一件事“争国本”又开始了。此时赵用贤早已官复原位，但又站在“三王并封”派——宰执王锡爵等人的对立面。

吴之彦因早年站错队，已罢官回家。这回就又抓住机会，上书告发赵用贤“毁婚”，其时离两家退婚已十三年，赵女早已结婚生子。看起来很荒谬的事由，但赵用贤的政治生涯却就此终结。瞿汝稷为老师鸣不平道：“不争于未嫁之先，突争于抱子之后，实乘公之间而肆其毒。然公遂不能安其位矣。”（瞿汝稷《嘉议大夫吏部侍郎定宇赵公用贤行状》）鸣不平也没用呀，这只是权力强势的一方需要的结果，逻辑成不成立，告发者应不应该，留给你们讨论去吧。

王世贞是看不到这位从甥万历二十一年（1593）的表现的

（王卒于万历十八年），估计他的评价，是从张居正事件而来。此处可见元美（王世贞字）不愧其史学家与文学家的头衔，对于吴之彦这样的人，也只有“恶人自有恶人磨”最适用了，指望人性的光辉照耀之处，利益与欲望都消退无形，然后世间就没有了骑墙派，没有了无理的告发，这个人就一定不是史学家，甚至，他也不能是文学家，一点都不幽默。你看人家沈德符，就懂得重新拈出王世贞的引谚，让那个“反小动物保护法”恶人陆起龙，持着铁简追得吴之彦满地跑，算是解了一回气。也是，要么设计防御系统，要么看看表演，你又不是恶人，你磨得过恶人吗?

# 光禄寺的茶汤

皇帝就一定吃得好吗？那可说不准。光禄寺一年花费三十六万，但落到皇帝头上，也就是个小乡绅糟老头的待遇，嘉靖皇帝免不了抱怨："今无论祖宗时，两宫大分尽省，妃嫔仅十余，宫中罢宴设二十年矣。朕日用膳品悉下料，无堪御者。"（余继登《皇明典故纪闻》卷十七）真不知道他们给皇帝吃的是些什么陈芝麻烂谷子，害人家说出"下料"这样的词。

明代光禄寺劣迹斑斑，可不是一时的事。皇帝的伙食不上心，招待外宾就更要克扣了，有官员向皇帝投诉："朔望见辞，酒饭甚为菲薄，每碟肉不过数两，而骨居其半；饭皆生冷而多不堪用，酒多掺水而淡薄无味，……安南、朝鲜知礼之邦，岂不讥笑？"（马文升《题振肃风纪裨益治道事》，《名臣经济录》）冷饭淡酒，不是待客之道，文官怕的是被邻邦耻笑了去。但光禄寺的茶汤，倒是批评不得的，皇帝也不过是发发牢骚了事。

嘉靖七年（1528），京城出现了"京师十可笑"的民谣，说的是："光禄寺茶汤，太医院药方。神乐观祈禳，武库司刀枪。管缮司作场，养济院衣粮。教坊司婆娘，都察院宪纲。国子监学堂，翰林院文章。"（褚人获《坚瓠集》）帝国这些最高档、最专业的机构，做的事既不高档也不专业，成了名不副实的"十可笑"。而光禄寺茶汤，则位居榜首，可知其口碑。有好事者把这“十可笑”写成大字报，贴到了朝堂上。那些被“光禄寺茶汤”粗暴对待的小官吏，本意或许是嘲讽，或许也想借嘲讽造点舆论，以便碟子里的肉多上几两，冷饭变成热饭。但事情却无意间变复杂了。

首先，明朝廷最讨厌匿名文书，《皇明通纪法传全录》：“（永乐元年）闰十一月，……禁匿名文书。”（卷十四）可能是永乐初政，大家对政权更替有异见，所以匿名文书开始流行起来，而禁止一件事呢，正表明这件事正在流行或失去控制。自此以后，匿名文书被抓的话，一般都是以“妖言”重罪论处。如同书卷十九：“（正统十一年二月）锦衣卫卒王永为匿名文书数太监王振罪恶，揭于通衢及振侄王山家。辑事者得之，刑部论以妖言斩。”天顺八年（1464）三月，朝廷又重申匿名文书皆处死罪的律例（《明宪宗实录》卷一）

所以嘉靖七年（1528）的这个“十可笑”，首先被当政者认为是针对自己的执政与管理能力，彼时张璁、桂萼因“大礼议”进内阁，身处漩涡，面对异己十分敏感；加之有成例，定下的调子就是“妖言罪”。于是派出锦衣卫千余名四处捕人，后来逮定席瑶等十余人，就要论斩。还好当时的刑部尚书胡世宁清廉正直，说这些年轻官吏，只是调皮心态下传播市井笑话，并非始作俑者，定性从对抗政权回到言行不谨，事态降级，以徒杖之刑了结。

光禄寺茶汤是凉薄，但对奢侈浪费却一点办法也没有。这本来也是名不副实“专业机构”的一体两面，正经花费没有，“不正经”花费却层出不穷。明武宗最是一个胡闹的皇帝，他爱养画眉鸟，每天要光禄寺杀数十头鹅，取鹅脑来喂他的画眉。光禄寺丞杨伯玉劝谏说民穷财困，不可如此。武宗大怒，派中官去责问，又罚其囚衣跪午门外，大太监刘瑾还亲自跑去骂他“穷措大”（张鼐《宝日堂初集》卷二十三），最后被贬去做隰州同知。可见光禄寺的茶汤还真不好管，皇帝要用，太监要拿，厨役要偷，奈得了他何？

# 江南往事

打开明人文集目录，随意挑一本，无目的地从头翻到尾，发现无目标地读书，所得确实不多，但也偶有所得。比如看到一个“谷雨即事”的诗题，以为是首无聊的农耕风景图，却发现诗序中藏着惊心的故事：

> 万历甲午，按君风力特劲，湖郡恶少乘机鼓煽，伯千为群，架虚投讽，因行劫诸巨室。诸巨室哗，闻御史实命之，靡敢抗者。即大宗伯董公、宫允范公受害甚惨。暨诸闾左无赖亦相攻剽报复，湖郡几为长平坑。吾郡与湖接壤，诸恶少攘拳与望逞者无虑万人，巨室愿夫耳语，涕泣圄圄如负重谴。（支大纶《支华平先生集》卷三）

万历二十二年（1594）甲午，浙江乌程县（湖州）发生的民乱，除了前礼部尚书董份家的家难外，还有一个更惨的例子，前国子监祭酒、嘉靖四十四年（1565）状元范应期，竟因此自缢而死。支大纶写“谷雨即事”时，兵部派员入浙，事态稍为平息：“士君子相醵修禊，而谷雨适值其辰，人人更相慰藉，自是得耕于野矣，咏此以纪岁月。”富户们额手相庆时，其实暴风雨并未结束，诗序说范应期受害甚惨，但还活着；孙继皋《副陈太守珍凡》："吾师屏麓先生以夏五九日自经而死矣。"（《宗伯集》卷六）五月时范应期才自缢身亡。

科举时代的状元（曾任经筵侍讲，算得上是帝师）如此死法，确实过于令人惊诧。万斯同《明史稿》记述此事："乌程故尚书董份、祭酒范应期里居不法，汝训将绳之，适应参行部至，应期怨家千人遮道，陈霖应参持之急，檄乌程知县张应望按之，应期自缢死。"（卷三三四）张廷玉《明史》继承这一说法，字句未作改动。这么一看，范应期就是个土豪劣绅啊，有上千百姓拦路喊冤，不是民愤极大是什么？自绝于人民那也是罪所应当，至少，正史已经给他定罪了，已经可以让一般的惊诧吞回到肚子里了。但还有许多原始记录在，去掉"理所应当"的平面化结论，惊诧的内容还是有的。

诗序中说湖郡像"长平坑"，去除夸张的成分外，也可说明在范应期之前，已有人在混乱的事态中死去。从结果倒推的话，既然像范应期这种地位的人，都性命不保，一般的富户可想而知。风潮蔓延到嘉兴等地，趁乱打闹、劫掠的无赖少年有上万人之多。富室吓到了病急乱投医的程度，见佛拜佛，见庙烧香，"淫祠丛宇、香焰熏天"，只求献财保命。打破认知的是"御史实命之"，想象中的"乌合之众"，原来竟是有精英领导的。这里的御史是指巡抚浙江御史王汝训。大事件的小缘起，则要从前尚书董份的孙子董嗣成说起。

董嗣成万历八年（1580）进士，作为一名受过良好教育的富三代，他充满激情与理想主义。因上疏为争国本的同僚鸣冤，他自己被罢官。回乡后发现自己家或买、或占了太多百姓的土地，弄得民怨沸腾，他便打算捐出部分家产贴补卖地的农民。这就好比地产商突发善心，通知说要补贴某处楼盘的拆迁户，当时以一万元每平方米的楼板价买入的，按五万元每平方米的现价，给补差价。或者后悔当时卖地了，也可以，拿一套房子回去。董嗣成的本意，是想散出部分财产，找到一个与邻里百姓“相向而行”的方法。但这个决策是不可行的，这处楼盘开始补，那原先三千元一平方米就卖掉土地的更要来补，事件于是从分田地发展到斗土豪。所以时人遗憾地感叹：“此董孙（嗣成）德意，而番成衅端，以至一邑之民哗然告扰。”（蒋以化《西台漫纪》卷二）

董嗣成的妻子是茅坤之女，茅元仪（茅坤之孙）后来为董嗣成整理奏疏时，发现这位姑父为争国本的孟养浩抗辩而被罢官，结果孟养浩平反了，官复原位，写信跟他借抄董嗣成当日为他抗辩的奏疏副本也不帮忙；国史（实录）都开始讲争国本功臣了，董嗣成却连个名字都没写上去；听了御史王汝训的怂恿要分田地，结果引起了民乱风潮，人家御史却没有帮他脱险的想法，董嗣成自己反而郁郁而终。于是感叹：“丈夫立名非其本志，然以此绳人，非三代以后之道也。”（茅元仪《暇老斋杂记》卷十一）大概是觉得理想主义不能到别人那里做实验。

但王汝训倒也不算是表里不一的人，他的革命是从自己开始的，他家也是富室，但他早就劝导父亲把家产散给族人，成为一般群众。他自己在中举前，一直靠开馆授课谋生（谈迁《枣林杂俎·王汝训散赀》）。小时候塾师说了句“我只不过想混口饭吃”，王汝训便写了一篇作文训导塾师，“塾师惭谢去”（万斯同《明史稿》）。万历皇帝没有亲自去秋飨礼，也被他上一篇疏文批评："陛下为人子孙，奈何亵慢至此？"这位王汝训，是那个时代伟光正的代言人，看不得任何人的不严肃以及懈怠错误，怼老师、怼皇帝，都能让人羞恼却不便发怒，但一路升迁，直至出了人命。

理想主义的执行，往往是每况愈下，不那么理想的。王汝训在浙江搞的均贫富运动，联合了巡按御史彭应参，这位御史的执法就非常粗暴，大开公堂，鼓励群众到衙门告发。具体到乌程县，知县张应望除了亲自刑讯外，还向范应期家人勒索八百两白银（《国榷》卷七六）。范家长子范汝讷受不了拷打，先服药自尽。巡按直隶监察御史蒋以化，在看到王汝训、彭应参、张应望三人因范应期一事受的处分后，写了一篇《纪范屏麓》，告诫地方官为政不能太苛，尤其是知县这种地位，不可与京官为敌。虽然是站在官僚技术的角度纪事，却也让我们知晓了当时的一些细节：

> 向所售产于范者……逼死其长子，搜索其金，席卷其产，斩掘其坟墓。屏麓与吴夫人交颈涕泣哀求，旁无一丁可倚，甚且扯发拔须，詈其夫妇若婢仆。……屏麓无所控诉，无所倚仗，一夕给其夫人上小楼求息，而以一衣带缢死矣。（蒋以化《西台漫纪》卷二）

前国子监祭酒被扯发拔须，殴打侮辱，竟然到了求告无门的地步，可见群众的力量。至此，状元之死已不再令我们惊诧了，只不过是恐怖故事的结束而已。

范应期为官履历清楚，对其政绩并没有什么记述，可能才干较为平庸。但人品应该没有问题，王世懋述其："已又入为中允，侍今皇帝讲幄，时江陵故相当轴，以嫌远先生，先生遂告归。"（《王奉常集》卷四，《范伯桢太史寿序》）他的罢官，似乎与张居正有关，但当时的清流一派，与张都不大对付，算不上污点。他的朋友圈范围，基本是东南一带有名的文人，同科进士的顾养谦、胡涍，太仓的王世贞、王世懋兄弟和王锡爵，山人诗人王承甫等都是密友。从这些友人留下的赠和诗篇看，他的家居生活就是为友人编编诗集，或悠游山水之间，赋诗唱和。从传统士文化的氛围来看，也并无不妥之处。

但这与理想激进的王汝训御史们的生活理念，完全不同。东南财赋关系着全国的财政，而富室兼并土地严重，于国家于百姓，确实不是好事，王御史们是有那么一种冲动，想把这帮士绅一举而灭之，而且持这样想法的人并不少。范应期死后，有刑科给事中李先芳、吏科给事中耿随龙先后上疏为其申冤，但都没有得到受理。

见此情景，范应期的妻子吴氏站了出来，采取了上京告御状这一终极手段。状元、遗孀、御状，几乎都是热点的词汇集在一起，一下子引爆了京城舆论，吴氏得以在宫门前诉冤。不知是通过内阁还是近侍，万历皇帝亲自受理了这起案件，而且对王汝训们的作为大为震怒（以前王汝训批评他"亵慢"的茬，估计也还记在心里）。《明神宗实录》还记录了一段彭应参的辩解疏辞，先是指认范家几位奴仆是罪魁祸首，说是他们家内部主仆、子侄争产导致人命；但笔锋一转，说动手者必是受了很大的冤屈，不然何至于奴才打主子？恳请查明为盼（万历二十二年七月）。此处也可见激进者的人品。

万历皇帝也有批示："上曰：范应期致仕儒臣，纵有重大事情，亦当奏闻，何一旦致死。中间或有隐情，不可专诿罪于家仆，着行抚按官秉公严查具闻。"（《明神宗实录》）处理结果下来，知县判的刑罚最重，先关在京城狱中很久，后来又谪戍远方。彭应参次之，出狱后削职。总领袖王汝训结局最好，没有受牢狱之苦，当时被削职，十五年后再度起复，死后谥恭介。但皇帝下的处罚决定，引来的是言官们此起彼伏的劝谏，大多数意见是皇帝专权，压迫了为民做主的直道之臣。直到三年后，由另一个状元，范应期的门生孙继皋，出面主持范氏家事。因为彼时案子还没结："顾院词一日未结，讼师蛊客一日侧足而窥，反唇而构。"（孙继皋《宗伯集》卷六"与赵郡丞"）故请求地方官早日结案，认定范氏余下的一半左右田产，让其后人能得以生活。也不知这位赵郡丞是否卖孙状元面子，早日审理并归还范氏封存的田产。

又据沈长卿《沈氏月旦》，似乎孙状元的面子也不太好用。范应期少子生活困顿，由孙继皋开出介绍信，向范的另一位门生，任总督的马鸣銮求助。孙的本意可能是想替范公子找个工作，毕竟军队幕僚等职位比较灵活机动。但马鸣銮给了三十两银子打发他回去，并且回复孙说，像这种无用的人，对我们一点帮助都没有的，以后不要理他。沈长卿述评道："此事范公子亲语我者。昭代人心风俗以薄为道，有刺薄者反群起非之，故友谊日衰。”

是为江南往事，说是儒家精神主导的世界，我有点怀疑；说是《金瓶梅》的世界，我有点信。

# 明神宗与鸦片

《顾颉刚读书笔记》卷一“明神宗与鸦片”，引清末人李岳瑞《春冰室野乘》的说法，说明神宗三十年不召见廷臣，是受鸦片之累。顾颉刚说，假如这话可信的话，那么鸦片在明朝时就已传入了（《顾颉刚读书笔记》，中华书局，2011年）。笔记只此一笔，未作深究。在此，暂代顾先生作一考证，证明鸦片在明朝时已传入，是无可疑的。

其实，鸦片的传入要比明代更早得多，邓之诚先生认为鸦片在魏晋时期便已传入（《骨董琐记》）。关于其应用的记载多起来的，则在宋代。但宋代人对罂粟的爱好，主要是它可以用来泡茶喝。苏东坡：“道人劝饮鸡苏水，童子能煎莺粟汤。”（《归宜兴留题竹西寺三首》）查慎行注：“莺粟汤，即罂粟汤，石钵煎以蜜水，便口利喉调肺养胃。”（查慎行《补注东坡编年诗》卷二十五）陆游对这种罂粟汤尤其喜爱，时不时就要煮上一碗。如《题书斋壁》：“随分琴书适性情，乍寒偏爱小窗明。旋煎罂粟留僧话，故种芭蕉待雨声。”又，《病告中遇风雪作长歌排闷》：“石鼎闲烹似爪茶，霜皱旋破如拳栗。蹲鸱足火微点盐，罂粟熬汤旋添蜜。”（《剑南诗稿》卷十五）又据宋李弥逊《和少章罂粟汤》：“甘比玉莲开太华，色分秋练净澄江。”（《筠溪集》卷十五）可见，宋时人喜欢的罂粟汤，是一种加点盐、再加点蜜煮出来的，以甜味为主的茶汤。

到了明代，喝茶汤的爱好已经不见了，人们对罂粟花的热爱倒是上升了许多，刊于万历十五年（1587）的《阿育王山志》，录有奉化知县彭祖训的《从天童过育王依韵奉酬嵩来上人》诗："只爱育王山色好，得瞻舍利宝光多。疏蓠繁蕊开罂粟，斗室浓阴挂薜萝。"可知阿育王寺前种有一片罂粟花。此时，罂粟花作为观赏植物，种植已经很寻常，如诗题"四月承叔铭佥宪二绝句问西厅牡丹开未并寄罂粟令予种之以娱目因戏用韵答之"（明刘嵩《槎翁诗集》卷八），人们互传罂粟种子，作为庭院花卉的艳丽点缀。顾起元《客座赘语》："凡庭畔阶砌杂卉之属，择其尤雅靓者虞美人、罂粟、石竹、剪红罗、秋牡丹、玉芙蓉、蛱蝶花……摇风漏月，最为绵丽矣。"彼时流行繁花似锦的一种庭园风格，就需要罂粟花这样的艳丽之花。

李时珍《本草纲目》载：阿芙蓉（鸦片）这东西也是最近才听说，用罂粟果实的汁液制成药剂，主治痢疾脱肛；又说能固精，所以就有人用来作房中术药丸。更有一种流行的叫"一粒金丹"的东西，说是包治百病，那纯粹就是骗人的（《本草纲目》卷二十三）。李时珍对鸦片的疗效，是比较持保守意见的，只是录了当时市面流行的方子。鸦片入药的毒性，一般通点药理的人都会知道，李开先《赠疡医吉迁》诗："虽善千方作外科，请听一语为忠告。百药其间多有毒，从今切莫加罂粟。"（《李中麓闲居集》卷一）那么，深居皇宫的万历皇帝，真的会用鸦片上瘾吗?

回到顾颉刚先生所据的李岳瑞《春冰室野乘》，说："此物初入中国，宫禁先受其毒，明神宗三十年不召见廷臣，即为此物所累故也。”（卷上“鸦片遗闻”）《野乘》所用的证据，可能就是明人笔记中，成化时内官出外高价求购鸦片的记载（徐伯龄《蟫精隽》），以及明神宗“三十年不上朝”的说法，再结合清末鸦片烟殆坏人意志与身体的现实，往上推导得出的结论。但细看一下《明神宗实录》，就能明白“三十年不上朝”的说法，只是一个大而概之的描述。

万历十七年（1589）之前，皇帝还是正常上朝的，在万历前十年张居正辅佐时，更称得上勤勉有加。以万历二年（1574）十月为例，皇上御文华殿讲读十二次，请假一次，张居正给定的课程，几乎是隔天就上一次课（据《明神宗实录》）。张居正去世，万历对这位老师进行了严霜般的清算，好似一个好学生突然开始了逃学的日子。对比此后他的种种表现，不禁更能理解黄仁宇先生“世间再无张居正”的感叹（《万历十五年》）。但群臣们也不一定就没错。万历十六年（1588）正月初七皇帝上朝，一点名，却有八十二位臣子没来上班，皇帝很生气，下令扣每人两月工资。所以也不能光说皇帝偷懒，你看，群臣们比皇帝更偷懒。也可见“世间再无张居正”后的一种局面，再无强干的辅臣能帮助万历皇帝管理朝政。万历虽然生气，但此年还是亲自祭献孔子先师，上朝也正常。

变化出现在万历十七年（1589）。正月初一元旦节，按例，皇帝要在皇极殿接见群臣，再赐辅臣饮食。这一天碰巧日食，万历就免了群臣朝贺。自万历十五年（1587）开始，群臣就陆续上奏本，要求立皇长子朱常洛为太子，皇帝则属意郑贵妃所生皇三子朱常洵，国本之争渐露端倪。此次免掉元旦节礼，是他对抗群臣的情绪表达，日食只不过恰巧充当了借口。万历十八年（1590）正月初一，皇帝第二年不接受元旦贺礼，大臣们感觉事态严重，于是，申时行、许国、王锡爵、王家屏四位辅臣，一同前去面见。《明神宗实录》详细记载了这次君臣间的会面："（申时行等）入见于西室，御榻东向，时行等西向跪至，词贺元旦新春，又以不瞻睹天颜叩头候起居。上曰：'朕之疾已痼矣。'时行等对曰：皇上春秋鼎盛……"这一次皇帝是以身体不好为借口，而且也是事出有因。此前，雒于仁上疏皇帝戒"酒、色、财、气"，皇帝此时激愤地向辅臣们逐条辩解，并说一向有心肝二经火旺之病，如今被气得旧病复发，不能上朝了。此事件后，万历皇帝开始了不上朝也不用找借口的日子。但政事还是处理的，遇到军功表赏之类的大事，也偶尔上朝。

以（万历皇帝）晚年的万历四十六年（1618）十一月为例，皇帝亲力亲为处理政事十三起，主要涉及官员请假、辞职、封赏、修省，其中有批评官员不参加活动一起，跟元辅抱怨自己身体不好二次。万历四十八年（1620）二月，皇帝遣文书官宣谕诸臣，向各位大臣说明身体情况，头晕目眩，动火，脾胃也不好，并说身体稍好些就看章奏。此年七月，万历皇帝崩。以一个垂暮之年的人的精力来说，万历处理的政事并不算少，与鸦片成瘾毫无生气的人不可同日而语。而且，从万历十七年（1589）开始就不接受元旦朝贺，再发展到逐渐不上朝，假如是鸦片原因的话，很难想象万历皇帝能坚持这么久。所以说，鸦片只是一种想象，并无实据。且从明代人对鸦片的使用实情来看，也并不相符。

一直到万历二十九年（1601），朱常洛才被立为皇太子，但这并不是国本之争的结束。万历四十四年（1616）八月，皇帝才同意皇太子出阁讲读，但开讲没多久，就被叫停了。这之前与之后的君臣间的扯皮，大多就是围绕皇太子的讲读。陈寅恪先生在《柳如是别传》里说，东林以国本为始终，南明福王政权的失败，也是万历国本之争的延续（第五章“复明运动”），此说甚是。国本之争绝不是单纯的道德伦理争端，而是延续至明朝灭亡的权力之争，万历皇帝不上朝，也是因为这个政治原因，而非身体原因。

# 堕泪碑的反讽

流民，往往与饥荒与瘟疫相伴为伍，流民中发生瘟疫也不足为奇。但明成化六年辛卯至七年壬辰间（1470—1471），湖广荆襄地带为迁移流民，人为造成的瘟疫流行，却是一起十足的人祸。流民与明代的户籍制度相始终，既有流离失所的流民，也有定居多年，却没有黄册子相随的“流民”。当时荆襄地带的流民，也是这两类的集合。虽然鱼龙混杂，地方上有所不便，但似乎未至生乱。这时来了一位巡抚，却掀起了一场大风暴。这位巡抚叫杨璿，正统四年己未（1439）进士，也是一位老资历的官员了。但杨巡抚首先考虑到的是自己的仕途，对流民问题，作了危言耸听的汇报。

首先这是个错误的建言，因为流民中，有很多是从洪武时期就迁移而来、甚至繁衍到了第三代的移民。但很不幸，这个错误建言没有在上报过程中得到质疑，反而获得了巡按御史薛承学的附和，回馈到地方后，又得到湖广布政使司执政官员的附和（薛应旂《宪章录》卷三十三）。历史在总结时，大家才发现原来有许多暂停键可按，而在进行中时，却仿佛只有快进键。于是一项大规模的流民清除行动开始了。

当时的行动分两种形式，一是派右都御史项忠总督军务，平定刘千斤的余党李胡子等作乱的流民；二是巡抚杨璿主导，将无户籍者一律遣返归乡或戍边。第一项军事行动，本来捉拿了为首者，以及一些头目后，也可中止的，但扩大化到了良善平民："流民有自洪武以来住成家业，多听抚当差，生子及孙，未尝为恶者。兵刃之加，无分玉石，悉草薙之，死者枕藉山谷。"（明黄光昇《昭代典则》卷十八）军事行动滥杀无辜有所难免，但人数也太多了点。第二项行政强制迁移，虽然也是恶政，但总不至于死人吧，然而，非常不幸，这次死的人比军事行动还多，因为途中发生了瘟疫。

明戴冠《濯缨亭笔记》记载了这次瘟疫："成化间无锡杨璿巡抚荆襄，恐流民为变累己，因为危言以动朝廷……流民居楚地已生子及孙矣，官司迫遣上道。时夏月酷热，民皆聚于舟中，不能寝处，气相蒸郁，疫疠大作，死者不可胜纪，弃尸水道，塞碍舟楫，哀号之声动天地。"（卷一）遣发流民，包括已定居三代以上的家族，可见是实行一刀切的懒政，只要没有原始户籍的，一律遣返。而夏天舟舍狭窄，人群密集，导致了毁灭性的疫病传播。说遗弃在水中的尸体都阻塞了航道，不知是否夸张，但"哀号之声动天地"的悲楚，当是隔着故纸堆也能打击到人的真切感受。

万斯同《明史稿》有杨璿传，说他处置荆襄流民，"留者著籍，去者资遣之"，即随移民之愿，留的人给户籍，去的人给盘缠。这是区划有方、文明有序的景象（卷二百三十）。殊不知这是史家惯用的笔法，为人作传，只要不是悖逆大奸，一般都说好话，但会在他文中有所补充表述。同稿《食货志》："项忠、杨璿先后为巡抚，下令逐之，弗率者戍边，暍死疫毙不可胜纪。"（《明史稿》卷九十六）这就记录了两位官员造成的枉杀与冤死。

但这次荆襄流民的灭顶之灾，最后却成了官员的德政碑，不可思议的是，作者还是湖广人，天顺元年丁丑（1457）状元黎淳，时任翰林院左庶子。《平荆襄碑》录在其所著《黎文僖公集》卷九，据称，他是在回乡时，受官长、师友、乡邻之托，诚挚地为巡抚、总督等官员颂平荆襄之功："总督公之雄才，总戎公之成算，巡抚公之力赞，就此大功，敢以碑文请。"《状元图考》记有这位黎状元不入妓馆的佚事，说他"性淳厚，不事游冶"。作碑文时的黎状元四十八岁，已不年轻，当然不能称幼稚，或许形容他性格的"淳厚"，其实是"冥顽"的美饰之词。此碑文虽录在文集中，但《明史稿》《明史》绝口不提，因为在当时，这碑文就被人讽为当代"堕泪碑"了。《濯缨亭笔记》："时有作'大明平荆襄碑'以纪大臣之功者，或曰，此亦堕泪碑。问其故，曰，羊祜以善政及民而民为之泣，今以虐政毒民而民亦为之泣，其堕泪虽同，而情则异矣。"明人薛应旂《宪章录》，黄光昇《昭代典则》等，也都载此"堕泪碑"说法。无辜惨死者众的悲剧，刻成德政碑，也只能是"堕泪碑"了。

# 宫内的闲杂人等

大凡我们到一个私人禁地，抑或专业场所，譬如饭店后厨，就会迎来一张告示：“闲杂人等，切莫入内。”紫禁城，从皇帝居所来讲，是私人禁地；从大臣们上朝办公之地来说呢，是专业场所，可说是双重禁地。一般人都会自归“闲杂人等”，也会认为其地庄严不可亵犯，所以想当然认为，“切莫入内”是被严格执行的。但事实上，宫城的规矩一向就是被用来打破的，闲杂人等，要么是皇帝招的，要么是自己混进去的，络绎不绝。

明代宫城最招闲杂人等的，当然要数明武宗朱厚照。这位任性皇帝自封大将军，在宫城内开店铺，做集市，是出了名的胡闹。他还爱打球，在紫禁城内修起了“灯光球场”，大火炬高高燎起在夜空中，四九城都被这球场的热闹吓破了胆。李梦阳有一天在宫城内值夜班起来，有感而发，写了一首《明星篇》描写这景状，序称：“正德间早起，闻内教场炮喊之声，作此篇也。”诗云：“明星出地一丈高，天门沈沈鱼钥动。沙堤露下玉珂寒，直庐鸡唱金莲重。……凤楼龙阙带曾城，翠辇朱衣夜夜行。黄昏竞奏催花宴，天明犹听打球声。兰烟桂火辉如日，明星迢迢照不入。百子池头青草生，长信宫中紫苔集。”（李梦阳《空同集》卷十八）打球直到天明，灯火掩盖了启明星的辉光，值臣念想远去的汉唐帝国，哀叹长信宫中的紫苔也无用啊。

要打破大家刻板印象的是，明代帝王做归做，说倒是都让人说的，当朝隔代都无事。譬如宫词的传统是哀怨或规谏，但鲜有在题目中点明的，均冠以“宫词”，类似“无题”。王世贞写有嘉靖宫词、正德宫词，则都在题中标出。读其“正德宫词二十首”（王世贞《弇州四部稿》卷四十七），就知道这皇帝招的人有多丰富多彩。男女混杂的打球队伍：“蜀马分骝对打球，纤腰帖地涴青油。金牌银盌从渠爱，谁敢争先第一筹。”（其二）歌舞伎人：“仙韶别院奏新声，不按唐山曲里名。青鹞白翎俱入破，十三弦底似雷鸣。”（其三）充做男宠的年轻官吏：“金鳌桥畔柳丝长，蚱蜢舟头有柘黄。六院少儿初病酒，御前亲自过鱼汤。”（其四）讲经的番僧，听讲的嫔妃、宫女、内眷：“西师入座讲莲经，敕许姪娥取次听。缨络宝珠从密施，莫留余障在宫庭。”（其十二）

更有从宫内大肆偷盗者。万历时多位官员如焦竑等，都曾牵入富商徐性善的通贿案。说起来，这是一位富二代，而他富一代父亲徐良佐的巨额财产，正是入宫偷盗所得。万历皇帝登基之初可谓勤政，还有张居正这位严相把关，但徐良佐还是通过大太监冯保的关系，时常出入宫禁：“盗出马蹄条金不可数计，又盗出成化间工造镇库填青字样圆宝。家中见贮十二窖，每窖约有一十二万余两。”（高汝栻辑《皇明续纪三朝法传全录》卷四）

嘉靖皇帝由王室近支入嗣大统，素来自尊强悍，但他住西内后，因为地远，也许可值班大臣骑马入宫禁。但放宽禁制，就会有大胆者再往前一步，首辅夏言可能是不耐骑马劳乏，“言独制小腰舆以乘，上闻之，不善也。”（王世贞《嘉靖以来首辅传》）夏言后来因河套事被严嵩诬陷致死，但王世贞写的小腰舆出入宫禁之事，可见严嵩也是希旨而已。

严厉的嘉靖皇帝，管得住大臣，却未必管得住闲杂人等。在嘉靖朝后期，宫城内的事务也是一塌糊涂，混进宫内领俸与吃喝的，形形色色，来往驳杂：“与夫礼部之译字生，鸿胪寺之通事序班，光禄寺之厨役，神乐观之乐舞生，内而各监局之勇士匠人，书写人役及以大工升除者，狐媚猿攀，途辙不一，蝇营狗窃，窠旧尤多。”（范守已《皇明肃皇外史》卷三十）这些衙门的办公地点或不在禁城内，但如鸿胪寺等员吏，出入宫禁办事是其本职，加之内府各监局的杂役人等，成分真是计不过来。要说位阶高，倒也不一定，但如史笔所写：“狐媚猿攀，蝇营狗窃，窠旧尤多”，却是不二之评。

要打破大家刻板印象的是，明代帝王做归做，说倒是都让人说的，当朝隔代都无事。譬如宫词的传统是哀怨或规谏，但鲜有在题目中点明的，均冠以“宫词”，类似“无题”。王世贞写有嘉靖宫词、正德宫词，则都在题中标出。读其“正德宫词二十首”（王世贞《弇州四部稿》卷四十七），就知道这皇帝招的人有多丰富多彩。男女混杂的打球队伍：“蜀马分骊对打球，纤腰帖地涴青油。金牌银盌从渠爱，谁敢争先第一筹。”（其二）歌舞伎人：“仙韶别院奏新声，不按唐山曲里名。青鹞白翎俱入破，十三弦底似雷鸣。”（其三）充做男宠的年轻官吏：“金鳌桥畔柳丝长，蚱蜢舟头有柘黄。六院少儿初病酒，御前亲自过鱼汤。”（其四）讲经的番僧，听讲的嫔妃、宫女、内眷：“西师入座讲莲经，敕许姪娥取次听。缨络宝珠从密施，莫留余障在宫庭。”（其十二）

更有从宫内大肆偷盗者。万历时多位官员如焦竑等，都曾牵入富商徐性善的通贿案。说起来，这是一位富二代，而他富一代父亲徐良佐的巨额财产，正是入宫偷盗所得。万历皇帝登基之初可谓勤政，还有张居正这位严相把关，但徐良佐还是通过大太监冯保的关系，时常出入宫禁：“盗出马蹄条金不可数计，又盗出成化间工造镇库填青字样圆宝。家中见贮十二窖，每窖约有一十二万余两。”（高汝栻辑《皇明续纪三朝法传全录》卷四）

嘉靖皇帝由王室近支入嗣大统，素来自尊强悍，但他住西内后，因为地远，也许可值班大臣骑马入宫禁。但放宽禁制，就会有大胆者再往前一步，首辅夏言可能是不耐骑马劳乏，“言独制小腰舆以乘，上闻之，不善也。”（王世贞《嘉靖以来首辅传》）夏言后来因河套事被严嵩诬陷致死，但王世贞写的小腰舆出入宫禁之事，可见严嵩也是希旨而已。

严厉的嘉靖皇帝，管得住大臣，却未必管得住闲杂人等。在嘉靖朝后期，宫城内的事务也是一塌糊涂，混进宫内领俸与吃喝的，形形色色，来往驳杂：“与夫礼部之译字生，鸿胪寺之通事序班，光禄寺之厨役，神乐观之乐舞生，内而各监局之勇士匠人，书写人役及以大工升除者，狐媚猿攀，途辙不一，蝇营狗窃，窠旧尤多。”（范守己《皇明肃皇外史》卷三十）这些衙门的办公地点或不在禁城内，但如鸿胪寺等员吏，出入宫禁办事是其本职，加之内府各监局的杂役人等，成分真是计不过来。要说位阶高，倒也不一定，但如史笔所写：“狐媚猿攀，蝇营狗窃，窠旧尤多”，却是不二之评。